TAKE
SHOBO

奪愛トライアングル

悦楽と執着の蜜夜

みかづき紅月

Illustration
ことね壱花

蜜猫
MitsuNeko

奪愛トライアングル　悦楽と執着の蜜夜

contents

イラスト／ことね壱花

奪愛トライアングル

悦楽と執着の蜜夜

プロローグ

「お願いがあるの。離れていても……ずっとお友達でいてちょうだい。大きくなったら必ずお城に戻ってくるから――そのときまでどうか私を忘れないで」

ラベンダー色のウィスタリアの花が咲き連なる下、ジュスティーヌは真っ赤に泣きはらした目をしばたたかせながら、二人の少年の手を固く握りしめて訴えかけていた。

いよいよ明日から王城から遠く離れた寄宿舎学校での生活が始まる。イーストン校は由緒正しい家柄の子供たちが通う名門として名高く厳しい教育でも知られている。

一度入校したら、一〇年の間、親元を離れて徹底した教育を受けることになる。基本的に長期休暇ですら帰省は許されず、かろうじて親との面会が許される程度。

物心ついた頃から時期女王に相応《ふさわ》しい教育を受けることこそが自分の義務だと教えられてきた。それが当然のことだと疑っていなかった。二人の少年と出会うまで――

ж　ж　ж

二年前、読書の時間、ふと窓の外を見ると、広大な敷地の庭で剣の稽古に励んでいる二人の少年たちと目が合った。

金色の髪を持つ少年と銀の髪を持つ美しい少年。

前者、赤い貴族服に身を包み、同じ色のマントを羽織った少年は、勝気な表情に髪と同じ黄金の瞳を持ち、まるで燦然《さんぜん》と輝く太陽のような印象を受ける。

後者、青い貴族福に身を包み、やはり同色のマントを羽織った少年は、どこか物事を達観しているような落ち着いた雰囲気を持ち、長い銀髪にサファイアの瞳も相まってミステリアスな印象を受ける。

ジュスティーヌが太陽の光を浴びて燦然と輝く二人の髪を眩《まぶ》しげに見つめていると——二人が手招きをしてきた。

今は読書の最中で勝手に外に出ることは許されないのに。

慌てて首を左右に振ってみせるも、二人はいたずらっぽい微笑《ほほえ》みを浮かべて大丈夫だと頷《うなず》いてみせた。

それまで家庭教師や両親の教えは絶対で、約束を破ったことなんてなかったのに。

気が付けば、ジュスティーヌは二人に引き寄せられるように窓を開いていた。

二人の少年が窓の近くまで悠然とした足取りで歩いてくると、ジュスティーヌに向かって手を差し伸べてきた。

「外に出ては駄目なの。私読書をしなくちゃならなくて……感想文だって書かなくちゃならなくて……」

「何の本を読んでいるの？」

そう尋ねてきたのは流れるような銀髪の少年だった。

「『永遠の友』というの」

「ああ、ライオネルの――それなら私も読んだことがあるから大丈夫」

「っ⁉　本当に⁉」

「宿題も手伝ってあげましょう」

「で、でも……そんなズルをするわけには……」

「確かにいつもはまずいけど、たまには悪くないと思うけどな。ずっと真面目に部屋の中、籠もってばかりじゃ気も滅入《めい》るだろ？」

隣の金髪の少年が明るい声で言い切った。

「どうしてそれを……」

「いつも窓の外を眺めているだろ？　まぶしそうに。だから、気になってたんだ。もしかしたらずっと外に出たがっているんじゃないかって」

「……っ⁉」

図星を突かれ、ジュスティーヌは頬を赤らめる。

二人の少年は互いに顔を見合わせるとジュスティーヌの目をまっすぐ見つめてきた。

その強い意志を宿したまなざしにジュスティーヌは圧倒される。

「大人に言われたことを守るだけじゃ、いざというとき動けない。自分の頭で考える癖をつけておかなくちゃな」

「確かに。常に指示が与えられるとも限らないし、選択を誤ったとしても最後は自己責任。君に指示を出した相手は責任をとってくれないのだからな。自分の頭で考えて選んだことが招いた結果ならばまだ納得もいく」

二人の言葉がジュスティーヌの胸を深々と貫いた。

今まで誰も自分にこんなことを教えてくれなかった。ただ素直に家庭教師や親の言うことに従ってさえいればいいのだと教えられてきた。疑うことは許されなかった。そのため、疑うことを諦めてすらいた。

しかし、心のどこかで、それは本当に正しいことなのだろうか？　という疑問がひっかかっていた。

その疑問が二人と交わした、たった少しの会話で解消されるとは思いもよらなかった。

（自分の頭で……きちんと考える……）

ジュスティーヌは自分の胸にそう言い聞かせると、勇気を振り絞って二人の少年の手をとった。

そのときの胸がすくような感動はけして忘れられないものとなった。

ж　ж　ж

以来、ことあるごとに自室を抜け出しては彼らと遊ぶようになっていった。家庭教師の目を盗んで――

生まれて初めて味わった自由な日々は輝きに満ち満ちていて、またいずれは失われるものだと分かっていたからこそなおさらジュスティーヌにとって宝物となった。

いつかは手放さなければならないものだと分かっていても、できることならなにがしかの形で彼らと培《つちか》ってきた友情を続けることができたなら。そう願ってしまうようになっていた。

「そんなに泣くなよ。また会えるんだろ？　帰ってくるんだろ？　そのときを楽しみに頑張ってこいよ」

「……うん」

「私も貴女《あなた》が戻ってくる日を楽しみに自己研鑽《けんさん》に励むとしましょう」

「っ⁉　俺だって負けないし！」

「せいぜい頑張ってください」

「言われなくても頑張るし！」

いつもと変わらない二人のやりとりにジュスティーヌは微笑《ほほえ》みを誘われる。

「それで——いつ発《た》つのですか？」

「……明日の早朝」

「明日っ⁉　なんでもっと早く言わなかったんだよ！　こっちだっていろいろ準備ってものが……」

「ごめんなさい。ずっと二人に話さなくちゃって思っていたんだけど……なかなか言い出すことができなくて……」

「でも、こうして打ち明けてくれた。それだけで十分すぎます。何も告げずに去ることもできたはずですし」

銀髪の少年の鋭い指摘にジュスティーヌは苦笑する。

サファイアの理知的な瞳は、そんなジュスティーヌの思いを全て見透かしているかのようだった。

本当のところ、ギリギリまでそうしてしまおうか迷っていた。唐突に別れを告げて二人を傷つけたくなかった。嫌われてしまうのが怖かった。別れの理由を問われ、身の上を明かしたら二人が自分から離れていってしまうのでは？

そんな恐れをどうしても拭い去ることができなかった。

だからといって、黙ったまま去ってしまえば二人を裏切ることになる。名前も身分も知らない初めてできた親友たち。

立派な身なりといい、城内の敷地を出入りしていることといい、家柄や素性などはある程度予想できるが――どうしても名前を尋ねることだけは憚《はばか》られた。

次期女王の自分より高い身分はありえず、それがこの対等な関係を壊してしまうような気がして――それらすべては本能的な予感ではあったが、敢《あ》えて名前も身分も告げる必要もなく今まで彼らと一緒に過ごしてきた。

二人もそれを知ってか知らずか、尋ねてこようとはしなかったし、自らの名を明かすようなこともしなかった。

そんな空気感が、ジュスティーヌにとっては何より心地よかった。

「俺らがいないと心配だよな……いろいろ」

「ちょっと、それどういう意味!?」

「だって……なあ。いまだに城の中でも迷子になるし、目が離せないっていうか」

「確かにそれは気がかりですね。見知らぬ土地での暮らしとなればなおさら――」

「大丈夫よ！　地図さえあれば！」

「……その地図をこないだもぐるぐる回しながら迷っていたのは誰だ？」

「うっ……」

鋭いつっこみにジュスティーヌは言葉に詰まる。

「くれぐれも一人で外を出歩かないように。約束してください」

「……は、はい」

銀髪の少年に真顔で言われてうなだれる。

その隣で力強くうなずいてみせる金髪の少年に睨《にら》みをきかせながら。

「――その様子なら、もう大丈夫そうですね。安心しました」

「ええ」

いつもの気の置けない雰囲気が戻り、ジュスティーヌの表情にも笑顔が戻る。

涙を拭くと、二人へとあらかじめ用意しておいたものを渡した。

「これ、プレゼント」

それは、城の庭という庭を探して集めておいた四つ葉のクローバーを押し花にしてつくったしおりだった。

「探すの大変だったでしょうに」

「別に。そうでもなかったけど」

得意そうに強がるジュスティーヌだが、実はなかなか見つからなくてようやく一週間前に三枚そろえることができた。

それすら銀髪の少年にはお見通しのようで、彼はジュスティーヌの頭をいとおし気に優しく撫《な》でて褒めた。

ジュスティーヌは心地よさそうに目を細める。

それを横目に金髪の少年が毒づいた。

「頭撫でられて喜ぶとかうちの猫そっくりだよなー」

「猫と一緒にしないでよ」

「いいじゃないですか。どちらも可愛《かわい》いものですし。そういえば、私が飼っている犬にも似ていますね」

「…………」

すばらしく微妙なほめ言葉だが、まあそんなものかもとジュスティーヌは納得する。

「にしても、しおりか。本なんてあんまり読まないけどな」

「これを機に読んだらいいだけのことでしょう？　剣の腕前だけでは一人前の紳士にはなれませんし」

「うぅ……分かったよ。読めばいいんだろ、読めば……」

いつも通りの二人のやりとりにジュスティーヌの目から涙が消えた。

「今までありがとう。二人のこと絶対に忘れないから……」

「そんな言い方よせよ」

「そうですよ。これからもよろしくお願いします」

二人の言葉にふっきれたような表情でジュスティーヌは笑みくずれる。

「うん、そうね！　再会を楽しみにしてるから！」

彼らの手を一緒に握りしめて、それぞれの目を交互に見つめて言った。

「ああ、すげー成長して驚かせてやるからな」

「私も負けません」

「望むところだ！」

目には見えない火花を散らす二人に和みながら、ジュスティーヌは再び滲《にじ》んできた涙を乾かすべく空を仰いだ。

雲ひとつない青空。ラベンダー色の花弁が連なるウィスタリアとのコントラストに胸を打たれ、吸い込まれそうになる。

（――この景色を私は絶対に忘れない）

ジュスティーヌはそう胸に誓った。

第一章

（次期女王として相応しい威厳を持って堂々と……）

いつもは後ろで無造作に一つにまとめているウェーブがかった赤茶色の髪を下ろして、ティアラをつけたジュスティーヌは、レースを潤沢にあしらったペールグリーンのドレスに身を包み、緊張の面持ちで謁見の間の絨毯《じゅうたん》をゆっくりとした足取りで歩いていた。

斜め掛けにタフタ生地とオーガンジーを重ねてを垂らし、腰の低い位置には大きな共布のリボン、トレーンを長くとってある優美なドレスは注意深く足を運ばないと躓《つまず》いてしまいそうになるが、背筋を正して凛《りん》とした表情で務めて優雅な所作を心がける。

だが、普段は明るい輝きを宿しているエメラルドの瞳は、一生に一度の大切な式典を前に頼りなく揺れていた。

（大丈夫、ありとあらゆる場面に相応しいマナーに所作……あれだけ厳しいレッスンを受けてきたのだもの……失敗するはずがない）

自分の胸にそう言い聞かせるも、普段が普段だけにどうしても不安を払拭できないところがつらい。

もともとの性格がよく言えばおおらか、悪く言えば雑でドジを踏むことが多い。

ついさっきもつけ慣れないティアラを意識せずに頭を大きく動かしてしまい、うっかり床に落としてしまいそうになったばかりだった。

世話役のルイズがキャッチしてくれなかったら——と、考えるだけで冷や汗をかいた。無論、いつも以上に厳しく叱られてしまった。

それもそのはず、見事なカッティングが施された大粒の涙型のダイヤを中央にあしらったティアラはちょっとしたお城が買えるほど高価なものだと聞いている。落としてただで済むはずがない。

（しっかりしないと……次期女王がドジだってけして見抜かれてしまわないように）

女王が代々統治してきたブリトニア国では、長女が一八歳を迎えると同時に次期継承者として改めて正式に任じられる立位式を行うしきたりになっている。

ついに来るべきときが来てしまったという思いを噛《か》みしめながら、ジュスティーヌは女王が腰かけている玉座へとしずしずと歩いていった。

謁見の間の中央に敷かれた入口から玉座へと通じる絨毯の脇には、位の高い廷臣のみが控え、その場に跪《ひざまず》きジュスティーヌに向かって恭しく頭を垂れている。

立位式が世界各国からゲストを招いて盛大に催す類のものでなくて本当に良かったとジュスティーヌはしみじみ思うも、やはり緊張は拭い去れない。

ようやくの思いで玉座の前に辿《たど》り着《つ》くと、ぎこちない動きで腰を落として貴族式の礼をした。

「顔をおあげなさい」

そう声をかけられ顔を起こすと、紫のドレスに同色のマントを羽織り、女王の杖《つえ》を手にした母の姿が目に飛び込んできた。

父亡き後の十年の間、ずっと一人で国を統治してきた母。若くしてジュスティーヌを生んだ彼女は四十になったばかりでまだまだ美しさの盛りにあるが、その一方で女王らしい威厳に満ちた貫禄《かんろく》というべきものが全身から滲《にじ》み出《で》ているかのようだった。

畏怖の念に駆られながら、ジュスティーヌはいずれ自分も母のようにならねばならないのだというプレッシャーに押しつぶされてしまいそうだった。

女王が隣に控えている恰幅《かっぷく》のよい初老の大司教に頷いてみせると、彼は恭しく一礼して声高らかに立位式の始まりを宣言した。

「女神ルナリスの御許《みもと》において、ただいまよりプリンセス・ジュスティーヌ・ロディア・フィアブルク様の立位式をおこなわせていただきます」

重々しい言葉が終わると同時に華々しいファンファーレが謁見の間へ響き渡る。

「まずは女王陛下からのお言葉をいただきたく存じます――」

大司祭の言葉を受けて、女王は威厳に満ちた態度で周囲を一度見渡してから、ジュスティーヌへとまなざしを向けると口を開いた。

「ジュスティーヌが無事にこの日を迎えることができたことをとてもうれしく思っています。女神のご加護がどうかこれからも変わらずジュスティーヌに訪れますように心から願ってやみません」

透き通った清らかな声が謁見の間に響いて、よりいっそう粛々とした空気に辺りは包まれる。

「我が国の平和は代々女王の統治によって守られてきました。それはひとえに国内外の無駄な争いを避けるため。無益な血を流さぬため。ジュスティーヌ、貴女は代々守られてきたその平和を未来永劫続けるためにその全てを捧《ささ》ぐと誓えますか？」

「はい、誓います」

「たった今、この場にいる全員と女神が貴女の誓いの証人となりました。今後いかなるときにもこの誓いを破ることは赦されません。よいですね」

「はい」

事前に決められたとおりの言葉を口にするだけだというのに――怖いくらいの緊張と、もはや後戻りはできないという思いとに胸をがんじがらめに縛られ、苦し気に眉を顰《ひそ》める。

口にする言葉には不思議な力が宿り、その影響は計り知れないものだという言葉をどこかで小耳に挟んでからというもの言葉遣いには注意するようにしてきたが、誓いというものがこれほどまでの力を持つとは——と、今さらのように気が付かされた。

「では、ジュスティーヌ、貴女には代々続けられてきたしきたりに従ってもらいます」

（え？）

打ち合わせとは異なる女王の言葉にジュスティーヌは驚きを隠せない。

予定では誓いの言葉の後、大司祭の祝福を受けて時期女王としての位とその証であるティアラを授かるはずだった。

（代々続けられてきたしきたりって……一体……）

なぜか嫌な予感に胸騒ぎがする。

「次期女王には、次期国王を決める大切な義務があるのです」

「っ⁉」

思いもよらない言葉に一瞬頭の中が真っ白になる。

（ど、どういうこと⁉　私が……次の国王を決める⁉）

そんな話は聞いたことがない。嫌な予感に加えて奇妙な違和感が肥大していく。

「次期国王への立候補権は、公爵の位にある者であれば、誰にでも等しくあります。名乗りを上げた候補者同士で決闘を重ねていき——最後に残った二名が女王候補を奪い合うことになっています」

「……っ⁉」

（奪い合うって……どういう意味⁉　そんな話まったく聞かされていないのに……）

廷臣たちの前で取り乱すわけにはいかないと必死に平静を取り繕おうとするも、血の気が引いていくのをどうすることもできない。

「見事最終候補として栄冠を勝ち取ったお二人を紹介しましょう」

そう言うと、女王はジュスティーヌの左右に深々と頭を垂れている二人の紳士に向かって声をかけた。

「ニース公爵、グレン・ヴァルカス・ノイス氏、マノール公爵、セドリック・クローム・マディアス氏の両名、表をあげてください」

「——っ⁉」

（……金の髪と……銀の髪⁉　ま、まさか……）

ゆっくりと顔をあげた二人の姿を目にした瞬間、ジュスティーヌはハッと息を詰め、自分の目を疑った。

（嘘《うそ》、よ……あの二人……なの!?　信じられない……）

長めに伸ばした金髪を後ろで無造作に束ねた紳士は、目にも鮮やかな緋色《ひいろ》のマントを羽織っていた。整った顔立ちながらその勝気な表情と髪と同色の黄金の瞳。まるで燃え盛る太陽のような印象を受ける。

もう一人の銀髪を背中に流した紳士、セドリックは、グレンとは対照的にまるで冴え冴《さ ざ》えとした光を放つ月のようなミステリアスな空気をまとっていた。

紺地のマントを羽織っているせいもあるだろうが、その氷のような冷ややかな光を宿した切れ長の青い目によるものだろう。

どこまでも対照的な二人――忘れるはずがない。彼らはずっと大切に思ってきたかつての幼馴染《おさななじみ》に違いない。不思議なことに疑いは欠片《かけら》もなかった。

十年振りに再会した彼らは凛々《りり》しい青年に成長を遂げてはいるが、かつて少年だった頃の名残は失われてはいない。

（まさかこんなところで再会するなんて……）

少し落ち着いたらあの秘密の庭に足を運んでみよう。

きっとウィスタリアが咲き乱れる頃には幼馴染たちと会えるに違いない。そう思っていたのに――

思い描いていたものとは異なる再会に喜びよりも動揺が勝ってしまう。

しかも、どういうわけか二人からはかつての親密さは失われていた。それどころか、互いを見据えるまなざしには憎しみすら宿っているかのようで。

ジュスティーヌは不安に心臓を鷲掴《わしづか》みにされて、苦し気に胸を押さえた。

(気のせいに違いない……あれだけ仲良しだった二人だもの……)

しかし、その二人が次期国王の座をかけて争うことになるなんて——あまりにも厳しく想像だにしなかった現実に理解が追いつかない。

困惑したジュスティーヌが二人の青年を交互に見ていると、大司祭が彼女の前へと進み出てきた。

「——では、最終候補者のお二人にジュスティーヌ様が次期女王としての資格をお持ちでいらっしゃるか、確認していただきます」

「っ⁉」

どこかその言葉には危険な響きがあった。

まばたきをするのも忘れてその場に固まってしまったジュスティーヌへ、一瞬大司教は意味深な笑みを見せ——しかし、素知らぬフリをして二人の青年に祝福の十字を切ってみせた。

セドリックとグレンは、再びその場に跪くと、恭しく頭を垂れてみせる。

大司教が二人の肩に交互に杖をあてて祝福を授けると、彼らは共にジュスティーヌへと手を差し伸べてきた。

「…………」

かつて二人が外の世界へと誘ってくれたときを懐かしく思い出して、ジュスティーヌの鼻の奥がツンと痛む。

だが、今は立位式の最中。感傷に耽《ふけ》るわけにはいかない。

必死の思いで涙を堪えながらジュスティーヌが二人の手をとると、彼らはシスターたちが捧《ささ》げ持《も》って玉座の前に置いた踏み台の上へとエスコートしていった。

何かがおかしい。

本能が警鐘を鳴らし、戸惑いに拍車がかかるジュスティーヌ。

だが、混乱しているのは彼女だけで、周囲は全てを周知しているかのように滞りなく式典は続けられていく。

ジュスティーヌが百合《ゆり》の花が幾重にも浮彫にされた踏み台の上に恐るおそる上がると、シスターたちがジュスティーヌのドレスの裾を恭しくからげていった。

「っ⁉　ま、待って……くだ、さい……一体何を……」

ストッキングに包まれた足があらわにされていき、ようやくジュスティーヌは自分の感じていた違和感が気のせいではないと確信して裾を抑え込もうとした。

しかし、その腕をセドリックとグレンとに捕まれて抵抗を阻まれてしまう。

（どういうこと⁉　大切な立位式の最中にこんなことをするなんて……ありえない。一体何がどうなって……）

女王と大司祭、シスター、セドリックとグレン以外の他の廷臣たちは頭を垂れたままとはいえ――人前で痴態を強要されるなんて。

（嫌よ、ルイズやメイドたち以外、誰にも見られたことなんてないのに……）

必死に抵抗するもついにはレースをあしらった下着まであらわにされてしまい、ジュスティーヌは羞恥のあまり耳まで真っ赤になって涙ぐむ。

（一体何が起こっているの⁉　誰か、助けて……）

玉座で静かに佇《たたず》んでいる母に目で救いを求めるも、女王は静かに首を左右に振ってみせるだけだった。

ジュスティーヌは絶望の奈落へと突き落とされる。

「やっ……やめ……て！　いやぁっ！」

誰も助けてはくれないのだ。

ようやく悟ったジュスティーヌが全身の力を振り絞ると、本気で二人の手を振りほどこうとしたが、びくともしない。

セドリックとグレンは大司祭に促され、ジュスティーヌの腕をつかんだまま同時に腰を落としてその場に跪いた。

するど、シスターたちが彼らの空いているほうの手の手袋を外していく。

何かとんでもないことが自分の身に起ころうとしている。

危険な予感がどんどんと強まっていき、ジュスティーヌはぶるりと身震いした。

「ジュスティーヌ様、お静かに。先ほどの誓いを破られるおつもりですか？」

「っ⁉　それとこれとは……話が違います。こんな辱めを受けるなんて……」

「いいえ、恥じることは何もございません。これも大切なお務めなのですから。どうか甘んじてお受けくださいませ。すぐに済みます。貴女がまだ穢《けが》れなき乙女であることを最終候補者のお二人が女王陛下の前で確認するだけのことですから」

「っ⁉」

大司祭の言葉を耳にした瞬間、ようやくこれから何をされようとしているのか理解したジュスティーヌは信じがたい思いで茫然自失となる。

（穢れなき……って……ひょっとして私がまだ誰のものにもなっていないかどうか確かめるつもり⁉）

いわれない疑いをかけられた気がして、憤りがこみ上げてくる。

ずっと全寮制のスクールで規律正しい生活を送ってきたというのに。その努力すら疑われた気がしてやるせない思いに駆られる。

常に次期女王として相応しい行動を心がけてきた。それなのに――

ジュスティーヌはきつく拳を握りしめて歯噛《はが》みする。

しかし、そうこうするうちにも、セドリックとグレンは彼女の腰骨のあたりにあるショーツのリボンを解いていった。

秘所を覆っていた薄い布地がはらりと床に落ちていく。

「いやぁっ！」

ジュスティーヌはたまらず悲鳴をあげてその場にしゃがみこんでしまう。

だが、すぐにその場に立ち上がらされ、痴態の強要を続行される。

（駄目っ！　二人とも、お願いだから……見ないで……）

ジュスティーヌの切実な願いもむなしくセドリックとグレンは、瞳の奥に獰猛《どうもう》な光を宿して彼女の股の間へと手を差し入れていった。

誰にも見られたことのない場所を幼馴染たちに見られただけでも死ぬほど恥ずかしいというのに、さらなる羞恥にジュスティーヌは打ちひしがれる。

ややあって、恥辱に震える秘所へと二人の指が触れた。

刹那、ジュスティーヌはびくっと肩を跳ね上げて天井を仰ぎ見る。

天井には、神話に描かれる女神が恥じらいの表情で二人の識天使に手をとられているフレスコ画が描かれていた。意図的に描かれたものかどうかまでは分からないが、それはこの儀式を彷彿《ほうふつ》とするものだった。

そうこうするうちにも二人の指は濡《ぬ》れた媚肉の奥へと忍び込んでいく。

湿ったいやらしい水音がジュスティーヌの羞恥心を煽《あお》る。

思わず耳を塞ぎたい衝動に駆られるも、腕を掴《つか》まれているためそれもかなわない。

「っ⁉　ンッ……く、う……あ、あぁ⁉」

（嘘、よ……こんな……ありえな……い……）

がくがくと膝がわななき、ジュスティーヌはその場に崩れ落ちそうになるが、息をすることすらためらわれるほどの圧迫感に身じろぎ一つできない。青ざめたまま息を詰めて、茫然自失とその場に立ち尽くす他ない。

だが、二人の指は情け容赦なくより奥を目指していやらしい動きを見せはじめた。

「ん、や、やめ……っ、こ、壊れ……うぅう……」

こんな狭い場所に指を挿入《い》れられてしまうなんて——

恥辱のあまり全身の血が沸騰して我を失ってしまいそうになる。

「い、や……あ……」

喘《あえ》ぎあえぎ引き攣《つ》れた声を洩《も》らしながら、ジュスティーヌは身を震わせる。

目元も頬も朱に染め上げて嗚咽《おえつ》にも似た声を洩らす彼女を見つめる二人の瞳に、獰猛な獣の光が宿っていることに気づく余裕は残されていなかった。

二人の指によって割り開かれた秘所から、恥ずかしい蜜がしたたり落ちていくのをどうすることもできない。

セドリックとグレンの指がゆるゆると狭い膣壁を押しひろげるような動きを見せながらさらに奥を目指していく。

（どう、して……人前でこんなことをしなくてはならないの⁉　ひどすぎる……）

せっかくの再会が悪夢に転じてしまい、やるせない思いに胸が締め付けられる。

だが、一方で身体の奥に疼《うず》き始めた欲望の灯を意識してしまわずにはいられない。

いっそ死にたいと思うほどの羞恥の炎に身を焦がしながらも、信じがたいほどの快感が押し寄せつつあった。

（あああ、これは何？　奥のほうがなんだか変な感じ……訳がわからな、い……）

無意識のうちに膣がきゅうっと締まって二人の指を締め付けてしまうのが恥ずかしすぎてい

たたまれない。

二人の指を感じては駄目だと、必死に気を逸《そ》らそうとするのに、まるで競い合うかのような指の蠢《うごめ》きは到底無視できるものではなかった。

と、そのときだった。

どちらかの指が不意にざらついた壁をぐいっと抉《えぐ》ってきた。

刹那、ジュスティーヌは全身をびくつかせ、ついに人前であることすら忘れて声ならぬ声をあげながら達してしまう。

「やっ⁉　あぁあぁあああっ！」

膣壁が一際強く締まったかと思うと、奥の方から大量の恥蜜が溢《あふ》れ出《で》てきた。

それは二人の手の平を濡らしたのみならず、床へとしたたり落ちていく。

「うぅ、あぁあ……」

膝をガクガクとわななかせるジュスティーヌは、二人の指が同時に引き抜かれると同時についにその場に崩れ落ちてしまった。

うずくまって丸めた背中に小刻みに震えがはしる。

顔を覆いたくとも、グレンとセドリックに腕を掴まれたままなのでそれも敵《かな》わない。

二人の青年は、恥辱と悦楽とが入り混じったジュスティーヌの顔に見入っていた。

その鋭く獰猛なまなざしには、哀れみと嗜虐《しぎゃく》という相反する色が滲み出ている。

涙ぐむジュスティーヌに見せつけるかのように、二人は蜜に濡れた指を舐《な》めると不敵な微笑みを浮かべてみせた。

「お二人共、ジュスティーヌ様は次期女王候補としての資格をお持ちでしたか」

「はい、間違いなく」

「女神に誓って――」

グレンとセドリックは躊躇《ためら》いなく大司祭に同時に答えた。

「では、改めて女王陛下から次期女王の証であるティアラを授与していただきます」

女王は大司祭が恭しく捧げ持った臙脂《えんじ》のクッションに載せられたティアラを手にとると床にうずくまるジュスティーヌへと身を屈《かが》めた。

そして、彼女のつけていたティアラを外すと、代わりに次期女王の位を証明するものへと取り換えた。

「ジュスティーヌ、このティアラの授与をもって貴女を次期女王として認めます」

朗々とした女王の宣言を受けて、謁見の間に割れんばかりの拍手が埋め尽くす。

しかし、ジュスティーヌはその拍手に応える気力も奪われたまま、力なく目を閉じることしかできなかった。

ショックのため、今は何も考えることができなかった。
あまりにも認めがたい現実を受け入れる準備はできていなかった。

第二章

（一体どうしたらいいの……）

自室にて、ジュスティーヌは鏡に映る自分の頭に輝く年代もののティアラを見つめながら、もう幾度かしれないため息をついていた。

悪い夢に違いない。そう思いたかったが、現実はどこまでも残酷に時を刻んでいく。

次期女王争奪争い――それが代々の女王候補が最初に課せられた試練だった。

悪夢のような立位式を終えた後、改めて大司祭からこの試練の詳細を聞かされたが、それはとんでもないものだった。

（まさかあの二人が私を奪い合って戦うことになるなんて……）

最終候補者には、次期女王と夜を共にする蜜夜権をかけて相手に決闘を挑むことが認められる。命をかけた正真正銘の決闘。それはジュスティーヌが身ごもるまで続けられるという。

代々王家直系の血を引く女児は伴侶の血を濃く受け継ぐ。

よって、生まれた子供の目や髪の色などを見れば、父親が誰か一目瞭然となる。

女王と子を成した者に王位が与えられ、女王と共に国を統治することになっている。

突拍子もないしきたりのようでいて、無益な権力争いを避けるためにこの方法は実に理に適《かな》っている。

なぜなら、非常にシンプルな方法かつ犠牲を最小限に抑えることができるのだから。

ただし、次期女王の一人の女としての幸せと引き換えに——

(私が……二人のどちらかの子供を産むまで……)

寄宿寮という閉じられた世界で学んできたジュスティーヌも子供を成すということがどういうことかくらいはさすがに分かる。ただし、あくまでもそれはスクールの授業の一環で習った範疇《はんちゅう》でのことに過ぎず、どうしても想像の域を出ない。

それでも、立位式での恥辱を思えば、おそらくそういった類の行為なのだろうという予想はつく。

不安というものは無知から生まれるというのは誰の言葉だっただろう。

その言葉の意味をようやく身を以《も》って知ったような気がする。

(怖い……一体どうなってしまうのか……)

ぶるりと身震いして両腕を抱きしめると、ジュスティーヌの髪を櫛《くし》で梳《す》いていたルイズが鏡の中の彼女にいつもの仏頂面で語りかけた。

「ジュシー様、一体何をそんなに不安がる必要があるのです。グレン様、セドリック様、どちらも素敵な殿方ではありませんか」

「え、ええ……」

「社交界でも一、二を争う人気だそうですし、お二方とも立派な紳士だという良い噂《うわさ》しか耳にしません。ですからあれこれと余計な心配せずに全てを委ねればよいのですよ。どちらにせよそうするしか方法はないのですし。どうにもならないことを心配するだけ時間の無駄ですから」

「……そう、ね」

厳しくはあるが説得力のあるルイズの言葉に少しだけ救われたような気になる。ルイズはジュスティーヌが生まれたときからの世話役で女王と同い年ということもあり、ジュスティーヌは母のように思っていた。

しかし、そう単純な問題ではないということくらいジュスティーヌにも分かる。

きっとルイズは自分を励まそうとして、敢えてとるに足りない問題だと言ってくれているのだろうが――

（確かに……考えようによっては前向きな捉え方もできるかもしれないけれど……）

見も知らぬ人たちに奪い合われることを考えただけでゾッとする。それに比べたら自分はいかに恵まれていることか。

とはいえ、かつての幼馴染が争わねばならないことを思うと、いかんせんやりきれない思いに駆られる。

(どちらかが命を落とすこともあり得る……)

それを思うだけで心臓がぎゅっと締め付けられて息苦しくなる。

ジュスティーヌは鏡台の上に置いている携帯用の小さな聖書を開くと、中に挟んでいた四葉のしおりをじっと見つめた。

かつてあの二人と永遠の友情を誓い合って、その証にと贈ったしおりと同じもの。ボロボロになってしまったが、何かとこのしおりには勇気づけられてきた。

いつか彼らと再会するときまで切磋《せっさ》琢磨《たくま》して必ず驚かせよう。

そんな風に思えばこそ厳しい寮生活も頑張ってこられた。それなのに――まさかこんな形で再会を果たすことになろうとは思いもよらなかった。

(二人に戦ってほしくない。戦いを避ける方法をどうにかして探さなくては……きっと何かあるはず……簡単にあきらめたくない……)

ジュスティーヌは胸の内でそう独りごちると、ひそかな決意を胸に聖書を閉じた。

ж　ж　ж

ドレスに身を包み、ティアラを着けたジュスティーヌの姿は城の中庭にあった。

整然と刈られた庭木が幾何学模様を描いており、薔薇《ばら》の花がいたるところに咲き乱れている見事な庭——

しかし、ジュスティーヌのまなざしは中庭には向けられていなかった。

彼女の視線の先にあるのは、鬼気迫る表情で対峙《たいじ》するグレンとセドリックの姿だった。

いよいよ初めての蜜夜権をかけての決闘が行われる。

(どうか……二人共無事でありますように……ひどい怪我《けが》を負いませんように……)

不安の色を隠しきれないジュスティーヌは、胸の前で手を組んで二人の無事を祈ることしかできない自分の無力さを呪わずにはいられない。

セドリックとグレンのマントが強い風に煽られてはためいている。

決闘の立会人は大司教とジュスティーヌの二人だけ。

一触即発の緊迫した空気に息を詰まらせながら、ジュスティーヌは足下から這《は》い上《あ》がってくる震えに抗《あらが》うだけで精一杯だった。

「ご両人に女神のご加護あらんことを――」

大司教の祝福を受けた二人は互いに一礼すると、五メートルほどの距離をとり、各々の武器の柄に手をかけた。

グレンの武器は長剣、セドリックの武器はレイピアだった。

十年前と同じ光景を懐かしく思い出しながら、ジュスティーヌはあまりものやるせなさに涙ぐんでしまう。

かつてはよき好敵手として互いを高め合うために剣を交えていた二人だった。

それが今は身も凍るような殺意をむき出しに互いの野望を叶《かな》えるべく殺し合いをしようとしているのだ。しかも自分を奪い合うために。

だが、本当にそれだけなのだろうか?

冷笑を浮かべて互いを見据える二人のまなざしには、尋常でない憎悪が宿っているように思えてならない。

(どうしてこんなことに……離れている間に二人に一体何があったというの?)

憎しみ合う親友たちの姿を見たくなんてなかった。

厳しい現実は、ジュスティーヌが思い描いていた夢をことごとく打ち砕いていく。

大司教が胸の前で再び厳かに十字を切った。

それが決闘のスタートの合図だった。

グレンとセドリックはついに鞘《さや》から各々の剣を引き抜いた。

太陽の光を反射して、抜き身の剣がぎらりと禍々《まがまが》しい光を放つ。

セドリックは流れるような動きでレイピアを水平に構えると、腰を低く落とした。

対するグレンは長剣を振りかぶった構えでじりじりと間合いを詰めていく。

ジュスティーヌはまばたきをするのも忘れて、思いつめた表情で二人をじっと見つめていた。

しんと辺り一帯が静まり返り、まるで時が止まったかのようだった。

と、そのときだった。

グレンが気合もろともセドリックへと切りかかる。

重い長剣が唸《うな》りをあげて空を切り、セドリックの頭上へと振り下ろされた。

だが、セドリックはその剣筋を見切って鮮やかな体捌《たいさば》きでかわすと、剣を振り下ろしたグレンへと鋭い突きを繰り出す。

しかし、グレンはすぐさま長剣を構えなおすと、後退しながら凄《すさ》まじい勢いで襲い掛かってくるレイピアの切っ先を受け流していく。

ジュスティーヌは、いつしか息を詰めて二人の激しい攻防に見入っていた。

（二人とも……すごい……）

目の前で繰り広げられる熾烈《しれつ》な剣戟《けんげき》は、十年前、かつて二人が少年だった頃の比ではなかった。

華麗に宙を舞うレイピアに力強く雄々しく空《くう》を切る長剣――それらはまるで剣舞を見ているかのような錯覚を見る者たちにもたらす。

異様な胸の高揚にジュスティーヌは戸惑いを隠せない。

と、そのときだった。

セドリックが一瞬よろめいた隙を見計らって、セドリックが長剣を真横に薙《な》ぎ払《はら》う。

切っ先は弧を描いてセドリックの脇腹を切り裂いた――はずだった。

だが、彼は身を翻してその一撃を交わすと同時に大きく前へ踏み込み、グレンの心臓を狙ってレイピアで突きを繰り出したのだ。

「っく！」

セドリックの一撃をかわそうとしたグレンの身体が斜めに傾《かし》ぐ。

だが、完全にはかわしきれずレイピアは彼の肩を深々と貫いた。

「っ!?」

血しぶきが宙に舞い、血に濡れたレイピアがグレンの肩の後ろから突き出しているのを目に

した瞬間、ジュスティーヌは頭の中が真っ白になる。

悲鳴が喉に張り付いて出てこない。

全てがスローモーションのようにゆっくりと動いていた。

気が付けば、ジュスティーヌは我を忘れて二人の元へと駆け寄っていた。

「やめてっ！　お願いだからもうやめてっ！」

悲鳴交じりの切実な訴えに決闘は中断される。

セドリックはその端正な表情を一分《いちぶ》も動かすことなく、血に濡れたレイピアをグレンの肩から引き抜いた。

そして、斜め下方に向かってレイピアを振り下ろしがてら血を払うと、低く透き通った声でグレンへと告げる。

「どうやら命拾いしたようですね」

「抜かせ。これしきの傷で死ねるわけがないだろ？　肉を切らせて骨を断つつもりだった。命拾いしたのはおまえのほうだ」

「口だけならばどうとでも言えます」

かつての気安い雰囲気は欠片もなく、言葉の端々に憎しみが滲み出ているかのような二人のやりとりを辛く思いながらも、ジュスティーヌはハンカチを取り出して、地に膝をついたグレンの肩へと押し当てた。みるみるうちにハンカチは鮮血に染まっていく。

「駄目……出血がひどい……すぐにお医者様に診てもらわないと……」

「大丈夫だ。大した傷じゃない」

「そんなはずないでしょう！　いつもそうやって無茶《むちゃ》ばかりしてたじゃない。貴方《あなた》の『大丈夫』って言葉ほどアテにならないものはなかったもの」

血相を変えて怪我を負ったグレン気遣うジュスティーヌの姿にセドリックは眉根をよせるとレイピアを鞘へとしまった。

そして、居住まいを正すと大司祭のほうへと厳しい視線を移した。

我に返った大司祭はセドリックの勝利を告げると、ジュスティーヌに勝者への祝福のキスをするよう促した。

「大司祭様、怪我人《けがにん》の手当てが先ではないのですか⁉　祝福は後からでも――」

「いいえ、全てにおいて最優先すべきは秩序と規則です。ジュスティーヌ様もそう学んでこられたはずです」

「…………」

確かに――それは帝王学の原則ともいえる大切な教えだった。

国や組織をまとめる者が何よりも重視しなければならないこと。

ジュスティーヌは辛そうに唇を噛みしめると、その場に立ち上がってセドリックへと向き直った。

セドリックはその場に恭しく跪くと、ジュスティーヌを見上げる。

その美しい顔立ちからは、いかなる感情も削ぎ落《そお》とされているかのようだった。無論、たった今幼馴染に怪我を負わせたことによる罪悪感もまるで見てとれない。

そのことがジュスティーヌの胸を傷つけた。

（……セドリック、どうしてこんなことになったの？　お願いだから……そんな怖い目をしないで……）

凍《い》てついた氷のような瞳の奥に彼の本心を探りながら、身を屈めて彼の額に祝福のキスを授けようとした。

が、そのときだった。

セドリックがジュスティーヌの手をとって自分のほうへと引き寄せる。

その次の瞬間——ジュスティーヌは彼の腕の中に抱きしめられていた。

のみならず、唇を強引に奪われてしまう。

「っ⁉」

一瞬、自分が何をされているか分からなかった。

だが柔らかな唇の感触に続いて、柔らかくて滑らかな塊が口中に侵入してきて、そのあまりにも甘やかな快感に我に返る。

（キスっ⁉　されて……）

驚きに目を見開くと、セドリックの怜悧《れいり》な微笑みが間近にあった。その嗜虐に満ちたまなざしに肌が粟立《あわだ》つ。

「ン……ンンッ！」

必死に顔を背けると、意外にも彼はすぐに彼女を解放した。

ジュスティーヌはよろめくように後ずさると、口元を手の甲で押さえて頬を真っ赤にして俯《うつむ》く。

そんな彼女をグレンが背に庇《かば》い、セドリックを睨《にら》み付ける。

「弁《わきま》えろ。祝福は与えられるものであって奪うものではない」

低く押し殺した彼の声にジュスティーヌは慄《おのの》く。

セドリックは不敵な微笑みを浮かべたまま、グレンに一度流し目をくれただけで、何も言わずに悠然とした足取りでその場を立ち去っていった。

「まったく――相変わらず太刀筋と同じで読めない奴《やつ》だ」

溜息《ためいき》交じりに独りごちるグレンの言葉にようやくジュスティーヌはかつての幼馴染らしい一

面を垣間見た気がして胸がいっぱいになる。

だが、それはあくまでも一瞬のことで、剣を鞘に収めたグレンは後ろを振り返り、彼女へと恭しく一礼してきた。

再び彼との距離が開くのを感じたジュスティーヌは、悲しげな微笑みを返すことしかできない。

「プリンセス、マノール公爵の非礼を止められずに申し訳ない」

「いえ……私のことよりも早く傷の手当を……」

「もったいないお言葉――では、失礼します」

他人行儀な言葉に沈むジュスティーヌ。もしかしたら彼らはかつての幼馴染ではないのかもしれない。彼らの姿を一目見たときの確信もさすがに揺らぐ。

だが、グレンはすれ違いざま、彼女にしか聞こえない声で小さく呟《つぶや》いた。

「――次は私が勝つ」

と。

「っ⁉」

ジュスティーヌはハッと息を呑《の》むと、目を大きく見開いて肩越しに背後のグレンを見つめる。

グレンは後ろを振り返ることはなく、だがその代わりに片手をあげてみせた。かつてと同じように。

ただそれだけのことがジュスティーヌはうれしくて。

気が付けば頬に涙が伝わり落ちていた。

(やっぱり間違いない……あの二人だわ……)

昔とは立場も置かれた状況もまるで違うけれど、いつかまた元通りに話せたなら――

胸を覆いつくした暗雲から一筋の光明が差し込んできて救われたような気になる。

(そうよ。まだ二人ときちんと話をしてすらいないんだもの。いちいちショックを受けている暇はない)

ジュスティーヌは唇をキュッと引き結ぶと、空を仰ぎ見た。

雲ひとつない青空を映す涙にぬれた目には、希望の灯が宿っていた。

ж　ж　ж

(傷の具合はどうかしら……ちゃんとお医者様に診てもらったかしら……グレンのことだから大したことないって放っておきそうだけれど……)

部屋に戻ってきたジュスティーヌはそわそわと落ち着きなく部屋の中を歩き回っては、ため息をつくということを繰り返していた。

立位式を終えて次期女王の位を正式に授かったことの報告会を兼ねて、一週間後にガーデンパーティーを主催することになっていてその準備を急がねばならないというのに。

ルイズが準備したゲストのリストの最終チェックもまだ終わっていないし、招待状の文面すらまだ考えていない。

大切な公務の一つだと頭では分かっていても、脳裏にレイピアに肩を貫いたグレンの姿がちらついて集中が途切れてしまう。

あのレイピアが肩ではなく心臓を貫いていたらと思うだけで気が気ではない。

「ジュシー様、どうかなさいましたか？　どうもいまいちお仕事に集中できていないご様子ですが――」

「ルイズ……グレン……ニース公が決闘の際に負った怪我のことがどうしても気になってしまって。少しだけお見舞いに伺うことは難しいかしら？」

「お見舞い……ですか……」

ルイズの反応は思わしくなく、ジュスティーヌは顔を曇らせる。

「今は大切な時期ですから、プライベートでお二方に接触なさるのは極力避けたほうが賢明かと――」

「そう……よね……」

確かに彼女の言うことはもっともだった。

何せ蜜夜権をかけての決闘以外でも奪い合いは公認されているのだから――

（それでもやっぱり……私のせいで怪我をしたようなものだし。気にするなというほうが無理がある）

頑固なルイズの主張を覆すことは並大抵のことではないと分かってはいるが、それでもジュスティーヌは食い下がる。

「ほんの少しだけでも……駄目かしら？　十分でいいの。お見舞いを渡して、お医者様にきちんと診てもらったかどうかの確認をするだけよ」

「十分……ですか？」

「ええっ！　時間は厳守するわ！　だからお願い」

「…………」

しばらくの間、渋い表情をして逡巡《しゅんじゅん》している様子だったが、ルイズはため息交じりに呟いた。

「……それくらいであれば……念のため護衛をつけて何かあればすぐに知らせていただけると約束してくださるのなら……」

「ええ！　ルイズありがとう！」

ジュスティーヌの顔にようやく笑顔が戻り、ルイズのしかめ面もわずかに緩む。

「良かった……絶対断れると思ってたわ……ルイズは厳しいから……」

「――ええ、仰せのとおりです。実は、女王様からこの件に関しては極力ジュシー様の思いを尊重するようにとの指示を頂いているのです」

「っ⁉　お母様がっ⁉　そんなことを」

「はい、女王様にもきっといろいろと思うところがおありなのでしょう。前回の争奪戦はそれは熾烈なものだったそうですから……」

「そう……」

二人とも神妙な面持ちで黙りこくってしまう。

（……お母様も一八年前に私と同じ試練を課せられ、それを乗り越えて女王に即位なさったのだから……私も頑張らないと……）

自分一人じゃない。そんな思いに勇気づけられる。

「それじゃ、お母様のお言葉に甘えて遠慮なくお見舞いに伺うことにするわ！　確かとっておきのショコラがあったわね。それをお見舞いに持っていきましょう。花束はいらないわ。彼はショコラに目がなかったけど、花には興味なかったし」

つい先ほどまで思い悩んでいた様子が嘘のようにいそいそとクローゼットに向かうジュスティーヌの背にルイズが声をかけた。

「ジュシー様？　グレン様のことをよくご存じのようですが、一体どういうことですか？」

「っ⁉」

（しまった……）

浮かれた気持ちに冷や水を浴びせられ、ジュスティーヌはその場にかたまる。

どうにかごまかさなければという思いとは裏腹に、生まれたときからずっと世話役として仕えてくれている彼女に嘘をつきたくないという思いが勝る。

ジュスティーヌはおずおずと後ろを振り向くと、ルイズに秘密を打ち明けた。

「……実は彼らは私にとって幼馴染なの。グレンだけでなくセドリックも……」

「っ⁉　そうだったのですか。いつの間に……」

「ごめんなさい……時々部屋を抜け出して……一緒にお庭で遊んでいて……」

「まあ、そんなことが……」

「……ええ」

次期女王の立場を考えれば許されることではない。

きつい叱責を受けるに違いないと覚悟の上でジュスティーヌはうなだれたまま、ルイズの言葉を待つ。

「……なるほど、ジュシー様にもひそかにそういう一面があったのですね。他の方々よりおっとりされている分、いつも言いつけを愚直なほど真面目に守ってこられて、人一倍努力されてこられたものとばかり。本来諫《いさ》めるべき立場の私がこんなことを申し上げてはいけないのでしょうが、少し安心しました」

「え？」

思わぬ優しい言葉をかけられて顔をあげたジュスティーヌの目に飛び込んできたのは、自他共に厳しいルイズがたまにしか見せないぎこちない微笑みだった。

「ど、どうしたの？　何かいつもと様子が違うけど……何かあったの⁉」

「……たまにはこういうことがあってもよいでしょう」

わざとしかめ面をつくると、ルイズはそっぽを向いてクローゼットの入口で足を止めていたジュスティーヌのほうへと歩いてきた。

「デュロイのショコラはクローゼットの右のチェストの三番目の引き出しにあります。今準備しますから、ジュシー様はお見舞いのカードでも準備してください」

「ええ！　ありがとうルイズ！　さすがね。頼りになるわ！　私はそういうのすぐに忘れてしまうほうだから」

褒め言葉にまんざらでもなさそうなルイズにジュスティーヌは微笑みを誘われる。

いついかなるときでも常に自分に寄り添って支えてくれた彼女に改めて感謝しながら、ジュスティーヌはライティングデスクへと戻っていった。

その足取りは心なしか前よりも軽くなっているようだった。

ж　ж　ж

「こちらがグレン様が滞在なさっているお部屋になります。本来であればグレン様の世話役兼秘書役のラガルド・バーグ氏に取次をお願いすべきではありますが、さすがにもう夜も遅いですし失礼を承知で直接お訪ねくださいませ」

「ええ、それは大丈夫。無理を言ってごめんなさい。ありがとう」

「私は護衛の者と部屋の外で控えておりますので——万が一何かございましたら遠慮なくお呼びください」

「分かったわ」

ジュスティーヌはルイズからグレンへのお見舞いに用意したショコラの箱を受け取ると、客用寝室の扉の前で深呼吸した。

もう夜の十一時を回っている。

さすがに人の目が多い時間帯は立場上軽率な真似《まね》はできず、機会を窺ううちにこんな時間になってしまった。

蜜夜権を獲得したセドリックが部屋を訪ねてくるまでに戻らなければならない。

しかし、いざグレンの部屋を前にすると、扉をノックするのを躊躇《ちゅうちょ》してしまう。

(こんな夜に……たった一人で男の人の部屋に乗り込むなんて……)

いくら相手が幼馴染とはいえ、さすがに意識してしまわずにはいられない。

加えて、今は特殊な状況下にあるのだ。

(別に……他意は何もないもの。お見舞いにショコラを渡して、傷の具合を尋ねて、きちんとお医者様に診ていただいたか確認するだけのこと。外にはルイズたちも待機してくれているのだし……)

そう自分に言い聞かせるも、危険な予感を打ち消しきることはできない。

やっぱり引き返したほうがいいかもしれない。

そう思う一方で、ルイズに無理をいってせっかくここまで来たのだからという一心でジュスティーヌは勇気を出すと目の前のドアをノックした。

中からの返事を受けて、おずおずと扉を開く。

「ラガルドか？　今夜は早めに休むと言っておいただろう？　悪いが用事なら明日にしてくれ」

「……ご、ごめんなさい。お休みなさい」

「っ⁉」

慌ててドアを閉めようとしたジュスティーヌにグレンは驚きの声をあげる。

「なんだ？　ジュシーだったのか。遠慮なく入ってくれ」

「えっ⁉　ええ……」

（今、ジュシーって……）

その愛称で呼ぶのは、女王やルイズを始めとするごく親しい周囲の人たちだけ。

グレンがその呼び名を使うのを耳にして胸が躍る。

（……グレンは……ううん、きっと二人とも私の名を知っていたのね。知られていないと思っていたのは私だけで……）

女王の娘と知りながらも敢《あ》えて知らないふりをしていてくれたに違いない。ジュスティーヌが知られたがっていないことを察して。

ジュスティーヌがおずおずと部屋の中へと入っていくと、グレンが書斎机の椅子から立ち上がって出迎えた。

「悪かった。てっきりラガルドだとばかり。今日はせっかく早めに下がらせたのに急用でもできたのかと思って」

「早めって……もう十一時を過ぎているのに？」

「ああ、いつもは大抵日が変わるくらいまで一緒に仕事をしているからな。領地を留守にしている間も領主の仕事は待ってくれないからな」

「そう……忙しいのね……」

確かに書斎机の上には書類が山のように積まれていた。

子供の頃、剣の稽古に明け暮れていた彼が、今はこうして公爵の位を継承して領主としての仕事に励んでいるなんて。

ジュスティーヌは狐《きつね》につままれたような表情で感嘆のため息をついた。

「別にそんなに感心されるようなことでもないだろ？」

「う、ううん、だって、あのグレンが領主だなんて……不思議な感じがして」

「言ってくれるな。その言葉、そっくりそのまま返してやる。あのジュシーがレディらしくなって戻ってきた。しかも次期女王の位を継承したなんて――」

グレンは言葉半ばで沈黙すると、ジュスティーヌの喉をくすぐってきた。

子供の頃、よくこうして彼にからかわれたものだ。

そのたびに「猫扱いしないでちょうだい！」と抗議したことを思い出し、ジュスティーヌは懐かしさのあまり不覚にも涙ぐんでしまう。

「もう十年前になるのか。いや、ようやくといったほうが正しいか。ずっと待っていた。また会える日を楽しみにしていた」

「……っ⁉」

黄金の双眸《そうぼう》にまっすぐ見つめられ、愛《いと》しげに頬を包み込むように撫でられた瞬間、ジュスティーヌの胸がとくんっと甘く高鳴り頬が真っ赤に染まった。

「おかえり、ジュシー」

「……た、ただいま」

（どうしよう……何かとてつもなく恥ずかしい……）

ようやくきちんと再会を果たすことができた。

にもかかわらず、その喜びをしみじみ噛《か》みしめる前に、やけにこの甘い空気がくすぐったくて照れくさくなってしまう。

（いつも冗談ばかりいってからかってきていたのに……いきなりこんなのってずるい……反則よ……）

こうして改めて近くで見るグレンは、背も見上げるほど高く伸び、広い肩幅といい逞《たくま》しい腕といい——惚《ほ》れ惚《ぼ》れとするほど立派な紳士に成長を遂げていた。

凛々しく精悍《せいかん》な顔立ちにわずかに少年だった頃の勝気な表情の名残を残すのみ。

身にまとっている確固たる自信と余裕に満ちた空気が、よりいっそう彼の男ぶりを引き立てていた。

急に胸がせわしない鼓動を打ち始めて、ジュスティーヌは慌てふためく。

「あ、あの、や、やっぱり……明日出直すことにするわ。もう夜も遅いし……寝るところだったのでしょう？　悪いわ……」

「いや、かまわない。ジュシーならいつでも歓迎しよう。まさかこうしてわざわざ会いに来てくれるとは思いもよらなかった」

率直に喜びを伝えてくるグレンの笑顔にジュスティーヌは吸い込まれそうになる。

（こんなに喜んでくれるなんて……思わなかった……）

胸がきゅっと甘く締め付けられてあたたかな思いが広がっていく。

「そう、じゃあ、本当に少しだけ……」

応接セットのソファに座るように促されて、ジュスティーヌは腰かけた。

そこでようやく室内へも注意を向ける余裕ができてきた。

王城の客用寝室には長期滞在を想定してのことだろう。カーテンはグレンがいつも羽織っている緋色《ひいろ》のマントと同じ色のものへと変えられていた。

持ち込まれた書斎机の後ろにはやはり緋色の――獅子《しし》の家紋が染め抜かれたタペストリーがかけられている。

（グレンが赤を好んで身に着けているのは、この家紋を意識してのことだったのね）

幼馴染のささやかな謎が一つ解けて、ジュスティーヌはなんだかうれしくなる。

（もっと……知りたい。グレンのこと……セドリックのこと。永遠の友情を誓っておきながらよくよく考えてみれば二人のことほとんど知らないに等しい。性格やものの考え方を知っただけで全てを知ったような気になっていたんだわ）

逆に、相手の名前も素性も知らなくても永遠の友情を誓えたかつての子供時代がまぶしく思えてならない。

家柄も身分も関係なく――ただ「気が合うから」という単純な理由で対等に付き合えた時間はなにものにも代えがたい。

「それで、何か用があってきたんだろ？」

グレンは応接机を挟んだ対面の椅子にではなく、ジュスティーヌが腰を下ろしたソファに並んで腰掛けると彼女に突然の訪問の理由を尋ねた。

「その……昼間の決闘の怪我が心配で……具合はどう？　ちゃんとお医者様には診てもらった？」

「ああ、本当は診せるまでもないと思っていたんだが、ラガルドがすぐさま医者を連れてきたから診せざるを得なかった」

（やっぱり……お医者様に診せるつもりはなかったのね……）

ジュスティーヌは半ばグレンに呆《あき》れながらも、彼の優秀な秘書官に感謝した。

「出血はひどかったが骨には異常はなく大した傷じゃなかった。少し読みを違えて避けきれなかっただけで。どうにもあいつの剣捌きは昔から読みづらくてな――だが、次は私が勝つ」

「………」

負けず嫌いの彼らしい言葉を懐かしく思うが、同時にやはり十年前とは違うのだと思い知らされもする。

あのときはただの稽古だったが、今は真剣を用いた命を賭けた勝負。

怪我もすれば当然命にかかわる重傷を今後負う可能性は常につきまとう。

もしもグレンが重傷を負っていたら……つい想像してしまったジュスティーヌは慌てて首を左右に振って不吉な考えを打ち消した。

「心配してわざわざ見舞いに来てくれたのか」

「……まあ……そんなところ。というか、貴方のことだからきっとお医者様に診せていないんじゃないかって思って。だけど、その辺のことをきちんとフォローしてくれる優秀な人が傍にいるようでよかった」

「そうか」

喜色を滲ませたグレンにジュスティーヌも微笑みを誘われる。

（無理をしている様子でもないし、この分なら大丈夫そう。会いに来てよかった……）

「これお見舞い。ショコラよ。好きだったでしょう？」

気を取り直してジュスティーヌはショコラの箱をグレンへと渡した。

「おー、覚えていてくれたのか」

「……お願いだからあまり無理はしないで。ショコラがいくらあっても足りないから」

「ジュシーの願いならと言いたいところだが、それだけは無理な注文だな。この戦いには命がけで挑むと決めていた」

「どうして……そこまで……」

「仕方ないだろう？　欲しいものを手にいれるためにそれしか方法がないなら挑むまでのことだ」

「…………」

（それって……王位のこと？　それとも……私のこと？）

目で問いかけるも、グレンは鷹揚《おうよう》な微笑みをたたえたまま肩を竦《すく》めてみせるだけ。

ムッと頬を膨らませるジュスティーヌの頭をくしゃっと撫でて笑いを噛み殺す。

「……私は二人には戦ってほしくない。傷ついてほしくないのに……一体どうしてこんなことに……まさかあんなしきたりがあったなんて……」

「はは、そう悲観するな。生まれは選べないが、与えられたものに感謝してそれを生かしきれば必ず道は切り拓《ひら》けるものだ」

経験に基づいたものと思《おぼ》しき確信に満ちたグレンの言葉に、ジュスティーヌは勇気づけられる。

「ジュシーが城から去ったときから、実はいずれこうなるだろうと覚悟はしていた」

「やっぱり……昔から私のことを知っていたのね……知らなかったのは私だけで……」

「さすがにな、そもそも城を去るまでは、女王陛下と一緒にいろんな行事にも顔を出していただろう？　知らないというほうが無理がある」

「………」

確かにそれはもっともなことで、今までそう思い至らなかった自分の浅はかさに肩を落とす。

「だ、だけど、当時はそんなこと一言だって言ってなかったのに……」

「ジュシーが自分から名乗るまでは、気づかないフリをすることにしていた。敢えて名乗らなかったのは、素性を知られたくなかったからだろう?」

「……やっぱり……そうだったのね……」

「まあ、悪く思わないでほしい。他にもいろいろと複雑な事情があってな――もうあの頃のように何のしがらみもない関係を続けるわけにはいかなくなった。今振り返れば、本能的にそれを察していたからこそ敢えて互いの名や素性に触れずにいたのかもしれない」

グレンが、ふと真顔になると遠い目をしてため息交じりに呟いた。

その声は重く沈んでいた。

彼らしくない違和感にジュスティーヌは不安になる。

「……再会を……楽しみにしていたのに。また三人で……一緒に笑えたらって……」

「それはできない。ジュシーの隣で笑うのは私かあいつか――どちらか一人だけだ」

グレンの鋭い声がジュスティーヌの発言を遮った。それは、少しの反論も許さない強い口調だった。

室内がしんと静まり返る。

グレンの瞳の奥に暗い炎が揺らいでいることに気づいたジュスティーヌは、これ以上この話題に触れないほうがいいとおぼろげに察した。

（あんなに仲が良かったのに……なぜこんなに憎むようになってしまったの？）

彼が先ほど口にした「複雑な事情」が彼らの友情に亀裂を入れたのだろうか？

その理由を知りたいと思うも、知ってしまうのが怖くて――ジュスティーヌは沈黙したまま唇を噛みしめた。

すると、グレンがジュスティーヌの顎をくいっと自分のほうに向けこう告げた。

「あいつに君は渡さない――」

真摯なまなざしに圧倒されたジュスティーヌは、息をするのも忘れてその場に固まってしまう。

そんな彼女の唇をグレンが悠然と奪っていった。

「……っ⁉」

甘やかな快感が唇に沁《し》み込んできて、ジュスティーヌの頬は熱を帯びる。

（……グレン……まで……）

セドリックに引き続き、グレンにまで唇を奪われるなんて。

親友だと思っていたのは自分だけだったのだろうか？　二人は自分を女性として捉え、欲しているのだろうか？

ジュスティーヌの胸は困惑に掻《か》き乱《みだ》される。

ややあって、グレンがゆっくりと唇を離していった。

二人の唇を唾液のアーチがつないで消えていく様がジュスティーヌの羞恥を煽《あお》る。

グレンは動揺する彼女へと目を眇《すが》めて見せた。

「奪われたものは必ず奪い返す主義なものでね。そして、欲しいと願うものは必ず手にいれる主義でもある」

「――っ⁉」

不意にグレンの声色が危険な響きを帯びた気がして、ジュスティーヌはようやく我に返った。

「ど、どういうこと⁉　私はそんなつもりで来たわけでは……」

「男の部屋に一人で乗り込んできてそんなことを言っても説得力に欠けるだろう」

「誓ってお見舞いに来ただけよ！」

「ああ、ありがたくいただくとしよう」

ショコラの箱には見向きもせずに、グレンはジュスティーヌの唇を親指でつっとなぞって意地悪な微笑みを浮かべる。

「っ⁉　お見舞いは私じゃなくてショコラよ！　勘違いしないでちょうだい」

ジュスティーヌはグレンの手を振り払うも、彼は一向に構わず迫ってくる。

「お、お願いだから落ち着いて……待って……ちょうだい……」

「悪いがこれ以上はもう待てないし待つつもりもない。十年もの間、待ち続けてきた。どれだけこの日を願ってきたかしれない」

グレンが吐露した告白がジュスティーヌの胸を熱く貫いた。

（十年も……それなのに私は……まったく気が付いていなかった……）

友情だと固く信じて疑いもしなかったものが、まさか愛情だったなんて。グレンに対する罪悪感と同時に胸が甘く切なく締め付けられる。

「あいつが君の唇を奪った時、立場も使命も全て投げ打って君を力づくで奪い返そうとする衝動を抑えるのに必死だった。君が部屋を訪ねてくるまでもなく君を奪いにいくつもりだった。あいつが君の全てを奪う前に――」

恐ろしいほどの殺意と憎しみの込められた口調はグレンには似つかわしくない。

それだけ彼が思い詰めていたのだとようやく気が付いたジュスティーヌは、やるせない思いに駆られる。

（……一体……どうすればいいの？）

グレンのまっすぐな思いに応えたいと思うが、脳裏にセドリックの姿がよぎり続いて女王の姿がよぎる。

（このままではセドリックとお母様を裏切ることになってしまう……）

次期女王としての責任感とセドリックへの罪悪感とがジュスティーヌを苛《さいな》む。

そもそもずっと友情と固く信じて疑っていなかったのに——いきなり異性として求められてもどうしたものか分からない。

（……グレンにこのまま流されては駄目……きちんと自分の頭で考えてからでないと）

ジュスティーヌは外に控えてくれているルイズへと助けを求めるべく口を開いた。

だが、それより早く肩を抱き寄せられ再び唇を奪われてしまう。

「——ッ!?」

反射的に顔を背けようとしたが、先ほどのキスとは異なり、頭を抱え込まれて深く口づけられてはどうすることもできない。

唇の隙間から驚くほど滑らかな塊が侵入してきて、それが彼の舌だと気が付くや否や、全身の血が沸騰する。

ぶしつけな侵入者はジュスティーヌの舌を絡めて捕らえては、いやらしく吸い立ててきて、ジュスティーヌの抵抗心を折りにかかる。

（だ、駄目……こんなキス……力が入らな……い……）

「ン……っふ……あ、ン……」

頬が熱く火照り、無意識のうちに甘ったるい声が漏れ出てきてしまい、ジュスティーヌは恥ずかしくてならない。

グレンの舌先が、舌の裏側の太い血管を弾《はじ》くように刺激してくるたび、きつく閉じられた瞼《まぶた》の裏が明滅する。

官能的なキスはジュスティーヌの雌の本能をゆっくりと誘っていった。

下腹部の奥に熱がこもって、とろりと蜜が溢《あふ》れ出《で》て下着を濡らしていく。

（あ、あぁ……変な、感じ……止まらない……）

膣《ちつ》に力を込めて蜜が出てこようとするのを必死に止めようとするが、自分ではどうすることもできない。

愛液はショーツへと恥ずべき沁みをつくっていき、ついには内腿《うちもも》やヒップのほうまで濡らしていった。

キスがこんなにもいやらしいものだったなんて知らなかった。

ジュスティーヌはいつしか陶然とした表情で情熱的な口づけに応じてしまうようになっていた。

深く舌を挿入《い》れられ口中を攪拌《かくはん》され、隅々まで蹂躙《じゅうりん》されるたびに得体のしれない愉悦と興奮とがないまぜになって襲い掛かってくる。

息もつけないほど激しいキスに眩暈《めまい》を覚え、唇が痺《しび》れてきて頃になって、ようやくグレンは彼女の唇を解放した。

ジュスティーヌは細い肩を上下させながら、乱れ切った息を整えるべく深呼吸を繰り返す。

そんな彼女の耳元にグレンがからかいを帯びた口調で囁《ささや》いた。

「――ジュシー、こういった類のキスは初めてか?」

「っ⁉　あ、あたり……まえ……で、しょう……」

「そうか」

どこか得意そうな屈託のないグレンの微笑みに、ジュスティーヌは面食らう。

いきなり信じられないほど淫らなキスをされたにも関わらず彼を憎めない。

むしろ、胸の高鳴りはよりいっそう強くなる一方だった。

(ずるい……そんな笑顔をするなんて。反則よ……)

胸の内で独りごちるジュスティーヌの頬に口づけると、グレンは彼女の身体をソファの上に押し倒していった。

そして、自らも上着とシャツとを脱ぎ捨てていく。

逞しい上半身が露《あら》わになり、直視するのが躊躇《ためら》われたジュスティーヌは、彼から慌てて目を逸《そ》らした。

しかし、彼の肩から胸にかけて斜めに巻かれた包帯は一瞬のうちに目に焼き付き、強い罪悪感に苛まれる。

だが、その間にもグレンは彼女の首筋へと唇を押し当てては、いやらしい痕を刻み込んでいく。

「……ん、う……あ、あぁ、グレン？　な、何を……」

「言わなくても分かるだろう？　セドリックに奪われる前に奪う」

「っ⁉　そ、それは……さ、さすがに……」

「あいつのものになりたいのか？」

「そういうわけでは……」

「ならば私が奪う」

グレンはジュスティーヌの首筋からいったん顔をあげると、彼女をまっすぐ見つめてから顎へと口づけ、舌先を喉元へとゆっくり這《は》わせていった。

鎖骨をなぞられた瞬間、ジュスティーヌはぴくんっと身体を甘く痙攣《けいれん》させ、せつなげな溜息を洩《も》らしながらのけぞる。

「や……ン……あ、あ、あぁ……」

舌が胸元を縦横無尽に這《は》い回《まわ》っていく感覚にゾクゾクしながら身を捩《よじ》る。

グレンの逞しい身体の重さを意識するだけで、身体の中心が熱く火照るのを感じる。

（あ、ああ……駄目……このままでは……今すぐ逃げなく、ちゃ……でないと、取返しのつかないことに）

抵抗しなければと思うのに、濡れた舌で肌をなぞられていく感覚に妖しい興奮が沸き立ち、全身の力が抜けてしまう。

そんなジュスティーヌの甘い反応を確かめながら、グレンは彼女のドレスの胸元を力任せに引き下げた。

「っきゃ⁉」

ふるんっと外にまろび出てきた乳房をジュスティーヌは両手で庇うも、グレンにその手を解かれてしまう。

「い、や……お願い。見な……い、で……」

「なぜだ？　こんなにもきれいなのに――」

グレンは熱い息を一つつくと、真っ白な胸の丘の頂へと口づけた。

「っ⁉　あぁあっ⁉」

刹那、乳首から子宮にかけて鋭い悦楽が爆《は》ぜ、ジュスティーヌは悲鳴交じりの艶《つや》めいた声をあげてしまう。

その声がグレンの牡《おす》を触発した。

グレンはツンと隆起して存在を主張しつつある乳首に軽く歯を立てたかと思うと、舌先を小刻みに震わせて刺激を与えていく。乳房全体を揉《も》みしだきながら。

「ンっ⁉　はぁはぁ……あ、あ、あぁっ……ん、ンンッ⁉　だ、駄目……あ、あ、あぁあぁあぁ……」

ジュスティーヌはグレンの頭を手で遠ざけようと必死に抵抗するが、力を込めようとするたびに片方の乳首にきつく歯をたてられ、もう片方の乳首をつねられ動きを阻まれてしまう。

「い、っつ……う、っく……あぁあ……」

痛みと愉悦の狭間《はざま》を彷徨《さまよ》いながら、ジュスティーヌの四肢は甘く痙攣し、そのたびに濡れそぼつ花弁が新たな蜜を絞り出していく。

「初めての割にはずいぶんと感じやすいな」

「っ⁉　そんな、はず……」

「恥じることはない。むしろ虐《いじ》め甲斐があっていい」

そう告げると、グレンは胸の蕾《つぼみ》を吸いながら、ドレスの裾をからげて中へと手を忍ばせていった。

「や、やめてっ！　そ、そこ……は……いやぁ……」

すでに下着が用をなさないほど濡れているなんて知られるわけにはいかない。

ジュスティーヌは青ざめると彼の腕を掴んで懸命に止めにかかる。

しかし、抵抗むなしくグレンの指は秘所に張り付いた薄布に食い込んできた。

「ひっ⁉　あ、あ、あ、あぁ……」

「ああ、もうこんなに濡らして。いけない子だ――」

「うっ、う、うぅう……」

グレンの意地悪な指摘にジュスティーヌは、真っ赤になった顔を手で覆って呻《うめ》き声《ごえ》を洩らす。

そんな彼女の頭を優しく撫でて宥《なだ》めながら、グレンはショーツの中へと指を侵入させていった
ぬるぬるの感触を楽しみながら、つぷっと中指を突き立てる。

刹那、ジュスティーヌは声ならぬ声をあげて背筋を弓なりに反《そ》らした。

「さすがにまだ狭いか――」

グレンは手首を捻《ひね》りながら、膣内で中指を回して状態を確かめる。

その際のぐちゅぐちゅという籠《こ》もった淫らな音があまりにも恥ずかしすぎて、ジュスティーヌは切羽詰まった表情で唇をきつく噛みしめた。

情熱的なキスと愛撫《あいぶ》に反応してしまったごまかしようのない証《あかし》を目の前に突き付けられたような気がしていたたまれない。

「……解して拡《ひろ》げればなんとかいけるか」

そう呟くや否や、いきなり拡張感がより強まり、ジュスティーヌは息を詰まらせる。

「ひ、あ……拡げ、ない、で……」

「まだ指を三本に増やしただけだ」

「……ま、まだ……って……」

もっと太いものを挿《い》入れるかのような彼の口ぶりに愕然《がくぜん》とする。

しかし、そうこうするうちにもグレンの指は膣壁を解しながら律動を開始した。

「っ⁉　あ、ン……あ、あ、あっ！」

彼の指の動きに合わせて、その都度上ずった声が喉の奥から押し出される。

グレンは再びジュスティーヌの乳首を舐《な》めかじりつつ、手首を右へ左へと捻りながらの抽送を徐々に強めていく。

そうして、鉤状《かぎじょう》にした三本の指でまだ硬い媫壁を解していった。

蜜に濡らした親指で時折、花弁の端の肉核をいじりながら――

「ン、あっ⁉　はぁはぁ、あぁ、ン……あ、あぁっ……きゃ、あぁ⁉」

感度の塊を指の腹でこね回されるたび、ひと際強い快感が急に膨れあがり、破裂してしまいそうになる。

だが、グレンは破裂寸前で親指を離してしまう。

「……っ⁉」

すぐそこにまで絶頂の高波が見えているというのに——ジュスティーヌはグレンの焦らしに煩悶《はんもん》する。

「っあぁ……グレン……意地悪、しな、いで……」

「なら、どうしてほしい？」

「そ、それ、は……」

ジュスティーヌは表情を歪《ゆが》めると言葉に詰まる。

「……ここまでして……ずる、い……分かっているくせに……」

「ああ、だが、私の思い過ごしということもあるだろう？」

「…………」

グレンの瞳がいたずらっぽい輝きを宿すのを見て、ジュスティーヌは震える唇を必死の思いで開いて呟いた。

「……途中で……やめないで。最後まで……して……」

恥ずかしい言葉を口にするや否や、胸が妖しく掻《か》き乱されて血が沸騰した。

だが、グレンがうれしそうに微笑んで頷くのを見て救われたような気にもなる。

「その言葉が聞きたかった」

熱い吐息混じりに言うと、グレンは先ほどよりもよりいっそう力を込めて淫らな抽送を再開した。

甘い蜜に濡れた指が鉤状に曲げられた状態で猛然と秘所へと襲いかかっていく。

「あっ⁉　あ、あぁっ！　あ、あぁあああっ！」

先ほどの焦らし責めとは違う激しいピストンにジュスティーヌは乱れた嬌声《きょうせい》をあげ、くるおしい表情で身をよじる。

（あああっ、も、もう……駄目……ぇ……気持ちよすぎて……怖い……）

立位式の恥辱の果てに見た高波がもうすぐそこにまで迫りくるのを感じて、ジュスティーヌは戦慄した。

「ひっ！　あぁああっ！　グレンっ、もう、もうっ！　あ、あぁああ、何か、きて……あぁああ、怖っ……ん、ぁあああっ！」

ジュスティーヌが甲高い悲鳴じみた乱れ声を鋭く発すると同時に、グレンが肉の真珠を指でつねりあげた。

恐ろしいほどの絶頂にさらなる愉悦の波が押し寄せ、ジュスティーヌは全身を激しく痙攣させながら一瞬意識を手放してしまう。

「あ、あ、ああ……」

腰のあたりが浮いたような感覚がして頭の中が真っ白になる。

脳も身体も全てが絶頂の果てに溶かされていくかのようだった。

立位式の時に初めて味わったものよりもさらに深い愉悦の坩堝《るつぼ》に身を委ねて、そのまま溺れていく。

「──イッたようだな」

グレンに耳元で囁かれ、ジュスティーヌはようやく意識を取り戻した。

「え？　ど、どこにも……行ってない、わ……」

「絶頂を迎えることをイクというんだ。どうやらそういった類のことはまったく知らないようだな」

「っ⁉　習わないもの……こんなはしたない、こと……仕方ない、じゃない……」

息も絶え絶えになりながらも、ジュスティーヌは薄く目を開いて、どこか得意そうな表情のグレンを甘く睨《にら》みつける。

すると、グレンはふっと真顔になって口づけてきた。

唇同士を優しく重ねるだけの穏やかなキスに、ジュスティーヌは落ち着きを取り戻していく。

しかし、続く彼の囁きに胸がドクンッと強く高鳴った。

「――このまま私のものにする」

「っ⁉」

グレンの宣戦布告にジュスティーヌはハッとする。

昇りつめたばかりで、まともに頭が働かない。

セドリックの姿が脳裏によぎり、断らなければと思うのに、ただ彼のどこまでも真摯なまなざしにこうして射抜かれるだけで、無意識のうちに頷《うなず》いてしまいそうになる。

彼の求めに応えたい。そんな風に思ってしまう。

だが、そのときだった。

「――部屋に姿がないと思って来てみれば、やはりここでしたか」

ノックもなしにドアが開かれたと同時に冷ややかな声がジュスティーヌとグレンに投げかけられた。

（セドリック⁉）

ジュスティーヌは熱に浮かされた頭から水を浴びせられたような気がして我に返る。

扉のほうを見ると、冷笑を浮かべたセドリックがゆっくりとした足取りで近づいてくるところだった。

「っ⁉」

ジュスティーヌはあられもない自身の姿に気が付き、慌てふためいて胸元を両手で覆い隠してうなだれる。

だが、対するグレンはまったく動じる様子はなく、むしろセドリックに挑むような口調で告げた。

「――悪いが取り込み中だ。邪魔をするな」

「それはこちらの台詞《せりふ》です。決闘に勝ったのは私だとお忘れですか？　肩の傷がその証。ジュシーは返してもらいます」

「次期女王の意志は決闘による蜜夜権よりも尊重される。ジュシーはおまえの部屋ではなく私の部屋を訪ねてきた。それが何を意味するか、分かるだろう？」

「確かに日が変わる前ならばその主張は通ったでしょう。ですが、残念ながら時間切れです――もっとも、ジュシーがどうしてもこのまま貴方《あなた》のものになると主張するのであれば話は別ですが？」

そう言い放つと、セドリックはジュスティーヌへと流し目をくれ、嗜虐心《しぎやくしん》を色濃くにじませた口調で詰問した。

「ジュシー、貴女はグレンを生涯の伴侶として選んだのですか？　グレンのものとなるべく覚悟を決めてこの場にいるのですか？」

「……っ⁉」

研ぎ澄まされた刃のようなサファイアの双眸に射抜かれたジュスティーヌはいきなりの質問に言葉を失う。

「……そ……それ……は……その……」

まさかの質問に狼狽《うろた》えて口ごもってしまう。どう答えたものか分からない。

その様子を一瞥《いちべつ》したセドリックの口元に歪《いびつ》な微笑《ほほえ》みが浮かんだ。

「やはり、答えられませんか。もしも、貴女がそう覚悟して部屋を訪ねたのであれば、部屋の外にわざわざ世話役と護衛を控えさせておくはずがない。万が一、身の危険を感じたときに助けを求めるためと考えるのが妥当。違いますか？」

「…………」

鋭い指摘に返す言葉もなく、ジュスティーヌは押し黙ってしまう。

沈黙を肯定とみなしたセドリックはグレンに視線を移して目を細めた。

「これで分かったでしょう。さあ、渡してもらいます」

「…………」

グレンは険しい表情で身体を起こすと、ジュスティーヌを見つめた。

ジュスティーヌは申し訳なさのためにいたたまれず、うなだれたまま彼の目をまともに見ることができない。

「さあ、部屋に戻りましょう」

セドリックは自身のマントを外すと、胸元を両手で覆い隠したジュスティーヌの肩へと優しくかけてやり、その身体を横抱きにした。

そして、グレンを冷ややかに一瞥すると部屋を後にした。

Ж　Ж　Ж

ジュスティーヌを横抱きしたセドリックは部屋の外に出ると、扉のすぐ外で控えていたルイズと護衛にもう大丈夫だという風に頷いてみせた。

安堵《あんど》の表情を浮かべたルイズは、二人に向かって深々と一礼してみせると護衛兵と共にその場へととどまる。

セドリックは、ジュスティーヌの部屋へと続く廊下を無言で歩いていく。

見た目にはいつもと変わらない様子だが、身にまとう空気はピリピリとしていて、ジュスティーヌは彼の腕の中で縮こまっていた。

（どうしよう……きっとものすごく怒らせてしまった……）

グレンの部屋に足を運んだのはあくまでもお見舞いのためであって他意はない。

そう主張してみたところで彼の怒りが収まるかどうかは定かではない。実際にあと少しでも遅れていれば、あのままグレンに全てを奪われてしまっていたに違いない。

（一体……私はどうすればいいの？）

幾度となく問いかけてはみたが、結局答えはいまだに得られない。

城に戻ったばかりだというのに、どちらか一人を選ばなければならないなんてあまりにも無理がある。

せめてもう少し時間に余裕があれば――そう恨めしく思わずにはいられない。

（私にとって二人はどちらもかけがえのない親友なのに……）

気まずい沈黙に耐えかねたジュスティーヌは、おずおずと彼に小声で訴えた。

「あの……セドリック……もう大丈夫。自分で歩けるから……下ろして」

「…………」

聞こえているはずなのに、セドリックは前を見据えたまま彼女を無視する。

（ああ、やっぱり怒ってる……）

「……ごめんなさい……いろいろと……軽率だったわ」

とにかくまずは謝ったほうがいい。

そう考えたジュスティーヌは震える声を絞り出してセドリックを見つめた。

するとようやくセドリックは長く重いため息をついて口を開く。

「なぜ彼の部屋にわざわざ出向いたのですか？」

「……お見舞いに……怪我《けが》の具合が気になって……」

「何もこんな真夜中にわざわざ出向く必要はないでしょう。そもそも、ああいうことになるだろうと予想はつかなかったのですか？」

「……そういうわけではないけれど……ルイズにもついてきてもらっているし……万が一の時には助けを呼べばいいって思っていたの」

「それでも貴女は結果的に助けを呼ばなかった。なぜですか？」

「それは……」

グレンのひたむきなまなざしに捕らわれ情熱的に求められ、助けを求めようとする気をくじかれ——彼に応《こた》えたいと思ってしまった。

まさかそんなことをセドリックの前で口にすることはできず、ジュスティーヌは押し黙ってしまう。

しかし、彼のサファイアの瞳は全てを見通しているかのようだった。

だからこそ、常にポーカーフェイスで感情を表に出さないタイプであるにも関わらず、こんなにも苛立《いらだ》ちを滲ませた空気を身にまとっているに違いない。

「もう我々は子供ではないのです。何かあってからでは遅いのですよ」

「……はい」

セドリックに窘《たしな》められて、ジュスティーヌはうなだれる。

「──それで彼に何をされたのですか？」

「っ⁉」

「別に、そ、それは……たぶんセドリックが心配しているほどのことは……されていないと思うわ……安心してちょうだい……」

「答えられないというならば、じっくり聞きだしてあげましょう」

一瞬、彼の語調が妙に鋭く感じられて、ジュスティーヌは眉根を寄せる。

（どうしてわざわざ……聞きだそうとするの？）

なぜか胸が妖しく昂《たか》ぶって頬が熱くなる。

そうこうするうちにも、セドリックはジュスティーヌの部屋へとたどり着いた。

ドアを開くと、彼女の身体を天蓋つきのベッドの上に丁重に下ろして、そのまま端に腰かけた。

ジュスティーヌは彼のマントを胸の前で掻《か》き合《あ》わせて視線を彷徨《さまよ》わせる。

（お礼を言って……おやすみなさい、じゃ済まないはず。わざわざそのためにセドリックは私を探していたのだし……）

蜜夜権。――あまりにも淫靡《いんび》な雰囲気をまとう言葉に戦々恐々とする。

先ほどの死ぬほど恥ずかしく心掻き乱される行為の続きをセドリックにされてしまうのだろうか？

ジュスティーヌは切羽詰まった表情でセドリックの言葉を待つ。

「――さて、それでは、二度と貴女が同じ過ちを繰り返さぬようにしっかりと躾《しつけ》させてもらいます」

セドリックはそう告げると、胸元のブローチを外してアスコットタイを解いた。

そして、ジュスティーヌの両手を上にあげさせると、解いたタイで彼女の手首を縛《いまし》めたのだ。

「っ⁉」

いきなりのことにジュスティーヌは彼にされるがまま――

当惑している間に、今度はドレスを捲《まく》られて足をM字に開かさると、腰に差したレイピアを膝裏につっかえ棒のようにあてがわれてロープで固定されてしまう。

「……セドリック？」

「心配せずとも留め金をかけていますから鞘《さや》からレイピアが抜けることはありません」

「いえ……そ、そういう心配をしているのではなくて……どうしてこんなことを？」

「ジュシー、自業自得ですよ。おしおきなのですから、このくらいしなければ――」

「っ⁉」

ただならぬ雰囲気を色濃く滲ませた彼の言葉にジュスティーヌはぞくりとする。

何か――とてつもなく淫らな予感に慄《おのの》かずにはいられない。

その予感を裏付けるかのように、セドリックはジュスティーヌの胸元から自身のマントを剥《は》ぎ取《と》った。

「っきゃ⁉」

ジュスティーヌは悲鳴をあげて胸を両手で覆い隠そうとしたが、両手首を重ねた状態で縛られているため成す術もない。

淡いピンク色の頂を持つまっしろな二つの丘が、セドリックの目に晒《さら》される。

「や……見、見ないで……」

「見てあげますよ。ジュシー、貴女のすべてを。グレンが見ていないところまでじっくりと観察してあげましょう」

嗜虐心を垣間見せた口調で言い放つと、セドリックは次にジュスティーヌのショーツを力任せに引き裂いた。

薄布の裂ける音がジュスティーヌの危機感と異様な興奮を同時に掻《か》き立《た》てる。

「あ……や……あぁああ……」

セドリックの視線を誰にも見られたことのない――自分ですら見たことがない秘密の場所に痛いほど感じながら、ジュスティーヌは羞恥の呻《うめ》き声を洩らす。

必死に足を閉じようとするが、内腿がかすかに痙攣するだけでどうすることもできない。

「お、お願いだからやめて！　そんなところ見ないでっ！」

「遠慮せずとも奥まで見てあげますよ」

セドリックは濡れた肉の花弁を優雅な手つきでつまむと左右へと割り開いた。

「いやぁっ！　いやぁあああ！」

ジュスティーヌの恥辱にまみれた悲鳴が寝室に響く。

自由を奪われた身体がベッドの上で波打ち、魔手から逃れようと腰がくねるも、セドリックは逃しはしない。

それどころかすでに濡れそぼつ秘割の奥をのぞき込んで、言葉でジュスティーヌをいっそう追い詰めていく。

「まだ誰も知らないきれいな色をしています。とめどなく蜜が溢れ出てきて、何かほしがっているように震えている」

「やっ！　い、言わない……で……」

ジュスティーヌの反応の逐一をつぶさに観察しながら、セドリックは低い声で呟く。

「——ここにキスはまだされてはいないようですね」

「っ⁉　そ、そんなところにっ⁉　まさか……」

自分の読みが正しかったことを確認すると、ジュスティーヌの細い腰を抱え込み、整った顔を近づけていく。

「……や、だ、駄目っ！　汚い、わ……っきゃ、あ、あぁっ！　あああ！」

秘所に熱い息がかかり、ややあって感度の塊に滑らかな感触が触れてきた瞬間、ジュスティーヌはくるおしいほどの嬌声をあげながらもんどりうった。

「っや！　やぁあっ！　いやぁっ！　ンン、あ、あ、あぁあっ！」

指で刺激されただけでも鋭すぎる快感が爆ぜるというのに、唇と舌で責められてしまうなんて。

こわいほどの悦楽の針が幾度となく限界を振り切り、さらなる高みを目指していく。

ただでさえグレンの愛撫によって感じやすくなっている身体に、セドリックの巧みな責めはあまりにも刺激が強すぎる。

くちゅくちゅという淫らな水音が恥ずかしい箇所から聞こえてきて、それがよりいっそうジュスティーヌを恥じ入らせていく。

「っは、はぁはぁ……ん、ぁあああっ！　や、やぁ、いやぁああっ！　や、やぁあ。それ、おかし、くな……て、あ、あぁっ！　ま、またぁあああっ！　いやぁああ！」

ジュスティーヌは猛然と襲い掛かってくる絶頂の高波に翻弄され、数えきれないほど鋭く達してしまう。

そのたびに花弁がわななき、奥から愛液がしぶきをあげて飛び出してはセドリックの顔と銀髪を濡らしていくが、彼は構わず舌を小刻みに躍らせて肉芽をいじめ時に吸いたてる。

「もっともっと乱れなさい。存分にくるわせてあげましょう。他でもない私の手で――けして忘れることができぬように。他では満足できぬように」

（……他……って、グレンのこと……）

やはり、グレンの部屋を訪ねたことがセドリックの逆鱗《げきりん》に触れていたのだ。

しかし、まさかここまでとは思わなかった。

セドリックの舌責めはどこまでも繊細かつ執拗《しつよう》で、ジュスティーヌを情け容赦なくじりじりと追いつめくるわせていく。

達する感覚は徐々に狭まっていき、やがてジュスティーヌはひっきりなしに昇りつめてしまうようになる。

もはや、息はあがりきり声は嗄《か》れ、下腹部は痙攣《けいれん》しきっていた。幾度となく意識が遠のいたが瀬戸際で意識を手放すまでは至らない。恐らくそれはセドリックの意図的なものだった。

「ン！　あっ……はぁはぁ……んぁああ、も、もう……だ、だめ……あ、あ、ああ！　ご、ごめ、んなさい！　セドリック！　ゆ、ゆるしてっ！」

果てなき絶頂地獄に喘《あえ》ぎあえぎ、必死の形相でセドリックに許しを請う。

すると、ようやくセドリックは顔をあげ、濡れた髪を無造作に掻きあげると、ジュスティーヌに流し目をくれて尋ねた。

「もう二度と彼の部屋に一人で行かないと誓えますか？」

「っ⁉　え、ええ……行かない、から……どうかもうっ！」

「――いいでしょう」

セドリックの言葉にジュスティーヌは心の底から安堵した。

だが、その次の瞬間、セドリックは充血した肉の真珠にきつく歯を立てると同時に、恥蜜をじゅるりと音を立てて吸い上げたのだ。

「っ⁉　あぁっ！　きゃぁあああぁああっ！」

不意を衝《つ》かれたジュスティーヌはひと際甲高い悲鳴を上げると、さらなる頂上へと昇りつめてしまう。

痛みとくるおしいほどの快感、相反するあまりにも鋭すぎる感覚に同時に責められ、ついに身体の中に張り詰めた糸がぷつりと途切れた。

「っ⁉　んんぁっ！　いやいやいやぁあぁぁあああ！」

大量の蜜潮が最奥から解き放たれて、セドリックを濡らし、シーツへと恥ずかしい沁みをつくっていった。

ジュスティーヌはすさまじい愉悦の名残にひくつく秘所を自分ではどうすることもできず、粗相をしてしまった子供のように今にも泣き出してしまいそうな表情でがくりとうなだれる。

セドリックは身体を起こすと、涙に咽《むせ》ぶ彼女を優しくいたわるように頭を撫でた。

「おしおきといえ、さすがに少しいじめすぎましたか」

「……少し、じゃないわ……あんまり……よ……」

「私の愛撫で乱れる貴女があまりにもかわいらしくてつい――」

「…………」

ついさっきまでの苛烈な責めがまるで嘘《うそ》のように甘い空気に満ちていた。まるで恋人同士のような会話がくすぐったい。

しかし、セドリックはなおもジュスティーヌを解放するつもりはないようだった。

「では、そろそろ貴女の全てをいただきます」

ジュスティーヌにそう告げると、彼女の腰をより深く抱え込み、自らの腰を押し付けてきたのだ。

「っ⁉」

熱く滾《たぎ》った抜き身の肉刀の先端が割れ目へと押し当てられ、ジュスティーヌはハッと息を呑んで身をこわばらせる。

（こ、これって……セドリック……の……）

「これだけ濡れていれば大丈夫でしょう。もうすでによく解されているようですし――」

皮肉を滲ませた言葉を投げかけると、セドリックは凄絶ともいえる微笑みを浮かべたまま腰をさらに進めていく。

「っ⁉　っく……う、ううう、あ、あ、あぁっ！」

想像よりもずっと太くて硬い塊が狭い媚肉へとめりこんできて、ジュスティーヌは大きく目を見開くと全身を突っ張らせて驚愕《きょうがく》した。

（う、うそ……こんな太いものが入るはず、ない、のに……）

「や、やめっ、て……無理、よ……あ、あぁ……お願い、セドリック！」

裂けてしまうのではないかという慄きに半狂乱になって身悶《みもだ》える。

「怖がらずとも大丈夫です」

セドリックは子供を窘めるような口調で語り掛けると、じりじりと自重をかけていき、未開の地に半身を沈めていった。

「ひっ⁉　あ、う、あああぁっ」

引き攣《つ》れた呻き声を洩らしながら、ジュスティーヌは背筋を弓なりにのけぞらせて唇をわななかせる。

指よりもずっと太い肉槍《やり》に身体の中心を貫かれ、思うように息すらできない。

膣内で張りつめきった肉棒は、持ち主の優美な風貌とは裏腹に獰猛《どうもう》な本性を剥《む》き出《だ》しにして、ジュスティーヌのさらに奥を目指して穿《うが》たれていった。

「ン……あ、あ、あぁ、あ……」

きつく閉じた目の裏が赤く染まり、姫洞は侵入者を外に追い出そうとしてきつく締め付ける。

しかし、逆にその動きこそが雄の狩猟本能を掻《か》き立《た》ててしまう。

セドリックはジュスティーヌの腰をしっかりと抱え込むと、いよいよ本格的に真上から焼《や》き鏝《ごて》を埋めていった。

それはほんの数秒の出来事だったのかもしれない。

だが、ジュスティーヌにとってはとてつもなく長いものに思えてならなかった。

やがて――肉槍がついに秘所の途中にあるひときわ狭い個所《かしょ》へと到達した。

セドリックはそこでいったん動きを止めると、苦悶《くもん》の表情を浮かべたジュスティーヌをいたわるように見つめながら、先ほどいじめていた肉芽を指先でくすぐる。

「ン……は、あぁ……や……んん、うぅ……」

痛みに愉悦が混じり、苦し気な呻き声が甘い響きを帯びていく。

鋭敏な真珠から生み出される愉悦によって痛みが幾分か紛れる。

（変な、感じ……痛いのと気持ちいいのが混ざりあって……）

腰の辺りが落ち着かなくなって、無意識のうちに揺れてしまう。

いつしか侵入者を排除しようとしていた動きは収まり、逆に奥へ奥へと誘うような蠕動《ぜんどう》へと転じていた。

その変化を察したセドリックは、ジュスティーヌと一つにつながりあったまま、彼女の双眸《そうぼう》をまっすぐ見つめてこう告げた。

「ジュシー、私は他の誰にも貴女を渡すつもりはない。身も心も私だけのものにしてみせます――いいですね？」

「あ、あ、あぁ……」

有無を言わせない強い口調で告白されたジュスティーヌの胸は熱く燃え上がる。

あまり感情を表に出すことのないセドリックが、これほどまでに自分を渇望していようとは思いもよらなかった。

（拒絶できるはずが……ない……）

ジュスティーヌが観念したように頷いてみせるや否や、セドリックは一思いに彼女の最奥まで貫いた。

「つきゃっ⁉　あぁあああぁっ！」

鈍く重い衝撃が子宮口へとはしり、ジュスティーヌはたまらず悲鳴をあげてしまう。

だが、一息つく間もなく、セドリックは荒々しい腰つきで彼女の奥を勢いよく貫き続けてくる。

そのくるおしい抽送の動きに合わせて、ベッドの上でジュスティーヌの身体はしどけなく波打ち、嬌声はさらに甲高く乱れていく。

「あああ……や、いやぁ……は、激し……す、ぎ……あぁっ、ン、あぁあああ！」

破瓜《はか》のショックと痛みは、瞬く間にそれを上回る悦楽によって上書きされていった。

最奥を深く鋭く穿たれるたびに下腹部が疼《うず》き始め、頭の頂点に向けて快感が走り抜けていく。

「はぁはぁ、あ、ン……んぅ……セドリック……」

「ジュスティーヌ」

二人は互いの名を呼び合いながら、一つに融《と》け合って高みを目指していく。

セドリックが喘ぐジュスティーヌの唇を奪い、ジュスティーヌもまた無我夢中で彼の舌に応じてしまう。

巧みな愛撫と情熱的な抽送に本能を剥き出しにされ、もはや理性は完膚なきまでに打ち砕かれていた。

（あああ、怖、い……もう訳が分からなく……な、って……）

脳裏にグレンの姿がよぎり罪悪感に駆られるも、腰が砕けてしまうのではないかというほど苛烈に秘所を穿たれ続け、やるせない思いと同時に昇りつめていく。

（ごめん……なさい……こんなの抗《あらが》え……ない……無理……）

「あぁっ！　あぁあっ！　もうっ！　もう駄目っ！　赦してっ！　あぁああ、や、あ、あぁあああっ！」

今までに味わったことがないほど深く達するたびに、もうこれ以上は無理だと訴え、赦しを乞う。

だが、セドリックは律動を緩めるどころか、逆によりいっそう激しくがむしゃらに腰を穿ち続ける。

「ひっ！　あぁあ、つめぇ……って……言ってる、のに……あぁ、や、あ！　またぁ、イって、しま……んんんんっ！」

「――もっともっと乱れなさい」

嗜虐心を剥き出しにしたセドリックは、ジュスティーヌの唇に指を差し入れて口中を掻《か》き回《まわ》しながら腰を大きくグラインドさせた。

肉槍に蜜壺を掻き回され、ジュスティーヌは声ならぬ声をあげつつ再び激しく達してしまう。

刹那、口端から涎《よだれ》が伝わり落ち、一際強く収斂《しゅうれん》した膣から大量の蜜がしぶきをあげてベッドのシーツに沁《し》みを拡げていく。

「っ⁉　ンン……お、おか、しく……な、あ、う、うぁ、あぁ……」

「心おきなくおかしくなればいいのです。他ならぬ私の手でくるわせてあげます。二度と忘れられなくなるほどに。他では物足りないと思うように――」

セドリックが暗にグレンのことを言っているのだとおぼろげに感じながらも、もはや絶頂に継ぐ絶頂の奈落に突き落とされたジュスティーヌには、それを指摘する気力すら残されていなかった。

「ああっ……し、て……あぁああ、もっと……ひど、く……」

信じがたい訴えが唇から洩《も》れ出《で》てきてしまい愕然とする。

「ええ、貴女が望むなら、いくらでもしてあげましょう。私だけのことしか考えられなくなるまで――」

セドリックはジュスティーヌの乳房を両手で鷲掴《わしづか》みにすると、激しく揉みしだきながら縦横無尽に角度を変えて奥を突きまくる。

肉棒が蜜しぶきを上げながら猛然と膣内を攪拌していく。

「あああああっ！　も、もうっ！　くる……って、あ、あ、あぁああっ！」

ジュスティーヌは、ついに顔をくしゃくしゃにして全身を痙攣させながら限界を迎えてしまう。いきむあまり脳の血管が切れてしまうかのような錯覚に捕らわれながら、意識が薄らいでいく。

刹那、セドリックが低く呻き、ジュスティーヌの腰を抱え込んだまま、己の欲望を解き放った。

半身は膣内で雄々しく脈動しながら、熱い精液を存分に注ぎ込む。

（あ、あ……熱、い……のが……おなかの中、に……）

朦朧《もうろう》とするジュスティーヌの蜜壺は一滴残らず絞り尽くそうとでもいうかのように、精をやったばかりの肉槍をきつく締め付ける。

部屋がしんと静まり返り、汗に濡れた身体を重ね合わせた二人の乱れた息づかいしか聞こえない。

セドリックは満ち足りた表情でジュスティーヌに微笑みかけると、彼女の震えるまぶたへと優しく口づけた。

薄れゆく意識に抗《あらが》うべく、必死にまぶたを開こうとしていたジュスティーヌだったが、まぶたに舞い降りてきた柔らかな感触に背を押され、そのまま深い眠りの底へと沈んでいった。

ж　ж　ж

「ジュシー、ついに私のものに――」

セドリックは陶然とした声色で呟くと、腕の中でやすらかな寝息をたてるジュスティーヌを愛《いと》おし気《げ》に見つめてそのこめかみへと口づけた。

まだあどけなさを残したその寝顔からは、先ほどの嬌態《きょうたい》は想像もつかない。

しかし、身体のあちこちやシーツには、先ほどの激しい行為の名残が生々しく残されていて――それが、夢ではなく現実であることを物語っていた。

彼女の自由を奪った上でいやらしく苛《いじ》め抜いた挙句、全てを我が物にしてしまった。

本当は彼女の初めての相手として優しく紳士的に大人の世界へと導くつもりだったにもかか

わらず。

「貴女を私だけのものにするためにはこうするより他なかった。例え、貴女との約束を裏切ることになろうとも」

セドリックは彼女の乱れてもつれた髪を指で梳《す》きながら耳元に囁いた。

「どうか、憎むならば私だけを憎んでください。貴女の愛も憎しみも私一人が受け止めてみせます」

ジュスティーヌの意識には届いていないのを承知の上で己の罪を明かしていく。

と、そのときだった。

ジュスティーヌが小さく呻くと、うわ言のように呟《つぶや》いた。

「グレ……ン、ごめ、ん……なさ、い……」

「――っ⁉」

彼女の寝言を耳にするや否や、セドリックの顔から微笑みが消える。

代わりに恐ろしく冷ややかで危険な光が双眸に宿り、口元が歪んだ。

「どうやらまだ足りないようですね」

シーツを払いのけると、ジュスティーヌの身体をうつ伏せにして、背後からのしかかっていく。

ヒップを掴んで割り開くと、そのままますぼまりの下の割れ目へと己の半身をあてがってゆっくりと沈めていった。

「ン……っ……あ……っ、あ、あぁっ⁉」

深い眠りの底に沈んでいたジュスティーヌだが、再び牙を剥《む》いた肉棒を挿入《い》れられ、その圧迫感に意識を取り戻す。

「っ⁉　セドリック？　や……ま、また⁉　い、いや……駄目、よ……お願いだから、これ以上は……」

「ジュシー、貴女が悪いのですよ。悪い子にはおしおきが必要でしょう？」

「悪い子？　私が？　な、なんのことか……わからな……っ⁉　あ、あ、あぁっ！」

反論しようとするも、再び力を取り戻した肉棒で背後から蜜壷を掻き回されて、言葉を封じられてしまう。

「やっ！　やぁあ……あっ、あっ、あぁあっ！」

背後から激しく貫かれるジュスティーヌ。

腰を強く打ち付けられるたびにこぶりなヒップやほっそりとした太ももが波打ち、その勢いの強さを感じさせる。

秘所が壊れんばかりのピストンから必死に逃れようとするも、無意識のうちに腰を高く突き出し、猫が伸びをするような姿勢をとってしまう。

　セドリックはその腰をさらに深く抱え込んで、滾る半身を一心不乱に打ち付ける。

　ジュスティーヌがしがみつくように爪をたてたシーツに複雑な皺《しわ》が寄り、ベッドがきしんだ音を立てる。

　ベッドに顔を押しあてて、必死に嬌声を堪えるジュスティーヌだが、鋭い衝撃が最奥へと力任せにはしるたびに我を忘れて淫らなイキ声をあげてしまう。

「やぁっ、あっ⁉　あぁあぁ、ゆるし、て……もう……あ、あぁっ！　またっ！　んぁ、んぁあぁっ！」

　幾度となく昇りつめてしまうが、セドリックの責めは一向にやまず、それどころかさらに荒らぶる一方だった。

　果てのない絶頂地獄に――ジュスティーヌはただ溺れていくほかなかった。

ж　ж　ж

（一体、何が、どうなって……）

身体の節々が痛くて、下腹部の奥がやけに重い。

まぶたの裏がちらつき、けだるい眠りの奈落からゆっくりと意識をもたげていったジュスティーヌの目に映ったのはセドリックの端正な顔立ちだった。

長いまつ毛に艶《つや》やかな銀髪。スッと通った鼻梁《びりょう》。

その美しさに思わず見とれてしまう。

と、そのときだった。

まぶたが開かれ、サファイアの瞳がジュスティーヌを映す。

「ジュシー、ゆっくり眠れましたか？」

「え、ええ……」

ぎこちなく彼に頷いてみせるや否や、ようやく靄《もや》がかった記憶が晴れていく。

（そうだわ…私……セドリックと初めて……）

足の間に何かが挟まったような感覚の原因に思いあたると同時に顔が熱くなる。

あれほどの痛みと快感と羞恥を味わったのは生まれて初めてのことだった。

しかも、一度ならず何度も何度も——繰り返し支配された。意識を失ってもなお。

セドリックがまさかあれほどまでの情熱を隠し持っていたとは知らなかった。

急に恥ずかしくなって、ジュスティーヌはシーツで顔を覆い隠す。

幼馴染相手にまさかあんな痴態を晒してしまうなんて。あまりのことにまともに顔を見ることすら躊躇《ためら》われる。

すると、セドリックはシーツの上から彼女の頭を撫でながら優しい声で囁《ささや》いてきた。

「──大丈夫ですか？」

「…………」

ジュスティーヌはシーツをかぶったまま力なく首を左右に振ってみせる。

「さすがに少しやりすぎましたか」

「……す、少し？」

「ええ」

「…………」

シーツから顔だけを覗《のぞ》かせて、「少しどころの話ではない！」と訴えかけたかったが、寸でのところでその言葉を呑み込む。

彼のことだから不用意な突っ込みは避けたほうがいい。

（あれで少しって……まだまだやろうと思えばできるってこと？　そんなことされたら、次こそ死んでしまう……）

セドリックの見かけの優美さからは想像もつかない激しさを思い出しながら、ぶるりと身震いした。

「どうかしましたか？」

「いえ……ちょっといろいろ……混乱していて……」

「無理もありません。それを少しでも和らげる手伝いが私にもできればよいのですが——逆に混乱を助長させるようなことしかできずに申し訳なく思っています」

「…………」

同意を示す優しい言葉にジュスティーヌの中でずっと張り詰めどおしだった緊張の糸が音をたてて切れていく。

気が付けば、大粒の涙がぽろりと彼女の目から零《こぼ》れ落《お》ちていた。

気丈に胸の奥に押しとどめていた感情が一気にあふれ出てきてしまう。

「……だって、まさかこんなことになるなんて……セドリック、どうしてなの？　ずっと二人とまた会えることを楽しみにしていたのに。約束したのに……」

（ああ、駄目……止まらない……）

こんな風に内面を吐露してしまうことは、次期女王としてふさわしくない。

そう頭では分かってはいても、いったん堰《せき》を切ってしまった感情はもはやとどめることはできない。

「こんな形で……再会したくなかった……あんまりよ……」

ジュスティーヌは涙声を洩《も》らしながら、涙に濡れた目で苦しそうにセドリックを見つめて呟いた。

「残念ながら子供時代はもはや過ぎ去ったのです。ジュシーは次期女王の位を授与され、我々も公爵の称号を継いでいる。もはやあの頃のように自由ではない。それぞれに背負うものがありますから」

セドリックはジュスティーヌの頬を包み込むように撫でながら、憂いを帯びた表情で告げる。

「……二人が背負うものって……一体何？　友情よりも大切なものなの？」

「ええ、グレンがノイス家の人間だと知っていれば、そもそも一緒に時を分かつこともなかったでしょう」

「…………」

空気が一転して冷たくこわばったものへと転じたのを肌に感じ、ジュスティーヌは押し黙る。

「マディアス家とノイス家には折に触れての深い因縁があるのですよ。私の父も前回の争奪戦で彼の父親に騙《だま》し討《う》ちに遭い片目を失いました。レイピアの名手と名高かった父でしたが――名誉は地に落ち表舞台に顔を出すことはなくなりました」

「っ⁉」

（騙し討ち⁉　まさかそんな……）

母の代の争奪戦がどんなものであったか、思いを廻《めぐ》らせる余裕はなかった。

ジュスティーヌはセドリックから明かされた事実に言葉を失う。

名誉を何よりも重んじる貴族社会においての死。それは何にも増して重い。まだ命を奪われたほうが良かったと呪いながら復讐《ふくしゅう》の機会を子に託したに違いない。

「私は幼い頃から、いずれノイス家に一矢報いるようにと言われて育ちました。この戦いは私一人のものではないのです」

「……本当に……そんなことが……」

「私の父はそう固く信じて疑っていない。ならば、私もそれを信じるほかないのです」

「…………」

セドリックの言葉には一分《いちぶ》の迷いもなかった。

そのことがジュスティーヌをさらに気落ちさせる。

「血のつながりは何ものにも勝る。それが私の信条ですから――」

「……だとしても、どうしてよりにもよって私を奪い合うような真似《まね》を……」

「それは愚問というもの。私はずっと私だけのものにしたいと願っていました。おそらく彼も

――気が付いていなかったのは貴女だけで」

頬を優しく撫でられ、ジュスティーヌはおずおずと顔をあげた。

すぐそばに透き通ったサファイアの双眸が寂しげな光を宿して輝いていた。

それを目にした瞬間、ジュスティーヌの胸はきゅっと締め付けられる。

どこまでも穏やかで優しいそのまなざしは昔となんら変わってはいない。

ただ、住む世界が変わってしまっただけで――

ジュスティーヌはやりきれない思いで唇を噛《か》みしめる。

（……私が信じていたものは一体なんだったんだろう。全ては私の思い過ごしだったというの？　三人の思い出を美化していただけ？）

目で問いかけるも、セドリックは何も答えず、彼女の目尻に浮かんだ涙を指先で拭い、いたわるように額にキスをしただけだった。

三人の再会を夢見ていたのは自分だけで二人はそうではなかった。

もしかしたらという憶測が確信に変わり、ジュスティーヌは茫然自失となる。

（あんまりだわ……こんなのって……）

シーツを頭からかぶって声を押し殺して咽《むせ》び泣《な》く。

その背中をセドリックは黙ったまままいつまでも優しく撫でていた。

第三章

（……グレンはどこかしら？　あんなことがあって……合わせる顔もないけれど……ケガがあの後どうなったかとか、やっぱり気になる……一目だけでも元気な姿を見ることができたらいいのだけれど……）

　ジュスティーヌはガーデンパーティーの主催者としてゲストたちを出迎えながらも、薔薇《ばら》が美しく咲き誇る庭園に特別にしつらえられたダンスホールのここそこで着飾った紳士淑女が歓談する中、つい黄金の髪を探してしまう。

「ジュシー様、いかがされましたか？」

「ルイズ、あの……グレン……ニース公爵はいらっしゃっているかしら？」

「ええ、もうお見えのはずですが——ああ、ほら、あちらに」

「っ⁉」

　ルイズの視線を追った先には、ドレスで着飾った女性たちに囲まれているグレンの姿があった。

緋色《ひいろ》のマントに黄金の髪は遠目にも目立つ。

グレンは、積極的にアプローチしてくる女性たちを無碍《むげ》にするわけにもいかないといったあまり気のりしない様子で応じているようだった。

その姿を目にした瞬間、胸がちくりと痛み、ジュスティーヌは慌てて弾かれたように視線を逸《そ》らしてしまう。

「やっぱりグレン様は人気がございますね」

「え、ええ……」

ルイズにぎこちなく頷《うなず》いてみせるも、心が乱れてまともにグレンのほうを見ることができない。

（……傷つけたのは私のほうなのに……あれ以来、まったく話せていなくてきちんと謝ることすらできていないのに……）

パーティーの準備で忙しかったということもあるが——さすがにいろいろと気まずくて彼の姿を城内で見かけるや否や、咄嗟《とっさ》に避けてしまっていた。

それは無意識のもので、自分でもどうすることもできなかった。

グレンのみならず、セドリックともなるべく顔を合わさないようにしてきた。

そうこうするうちに、いつまたあの決闘が行われるか気が気ではなかったが、この一週間は特に何事もなく、平穏な日々が過ぎていった。そう、不気味なほどに。

(負けず嫌いのグレンが……あのまま黙ったまま引き下がるはずがない……)

嫌な予感にぶるりと身震いして、ちらりとグレンのほうを再び見た。

と、そのときだった。

ふと彼と目が合ってしまう。

刹那、やっぱりジュスティーヌは反射的に彼から目を逸らしてしまった。

(ああ……どうして？　こんなことしたら……誤解されてしまうのに……)

心と裏腹な行動ばかりとってしまい泣きたくなってしまう。

ジュスティーヌが周囲に気づかれないようにそっと溜息《ためいき》をついたそのときだった。

「ジュシー」

背後からセドリックに声をかけられ、びくっと肩を跳ね上げる。

ぎこちない動きで後ろを振りむくと、蒼《あお》いマントを翻《ひるがえ》しながらゆっくりとした足取りでセドリックが歩いてくるところだった。グレン同様、周囲の女性たちの熱い視線を浴びながら——

「そろそろゲストへの挨拶もひと段落ついた頃でしょう」

「え、ええ……」

なるべくグレンを刺激するようなことは避けたいと思っているのに、セドリックはジュスティーヌの手をとって恭しく手の甲に口づけてみせた。

周囲からの視線も一向に気にせず、まるでグレンに見せつけるかのように。

「では、私と一曲踊っていただけませんか？」

「……セドリックと踊りたがっている方はたくさんいるでしょうから……その方々を差し置いては悪いわ……」

ジュスティーヌは周囲を気にしながら丁重に彼の申し出を断った。

グレン同様、社交界で一、二の人気を争うという噂《うわさ》どおり、明らかに会場の女性たちは彼をうっとりとした表情で見つめている。

そんな二人がまさか時期国王の最終候補者として自分を奪い合っているなんて。いまだに実感が湧かない。

時期女王争奪戦については、公爵家及びごく一部の関係者にしか知らされていないこともあり、変な噂が立ちかねない軽はずみな行動は極力避けたかった。

にもかかわらず、セドリックはジュスティーヌの手を握りしめたまま、熱いまなざしを向けてくる。

「私は貴女《あなた》と踊りたいのです。むしろ、貴女以外と踊るつもりはありません」

「――でも、正直なところダンスは苦手だし……」

ジュスティーヌはなんとかして彼の誘いをかわそうと必死に言い訳を考えるも、セドリックのほうが上手《うわて》だった。

「私がエスコートします。貴女は身を委ねているだけでよいのです。あの夜のように――」

「っ⁉」

明らかに意味深な言葉に血が沸騰し、ジュスティーヌの胸はざわめく。

「セドリック、人前でそういう話はしないでちょうだい……」

小声でセドリックを窘めるも、彼は涼しい顔をしたまま、ただ意地悪に目を細めてみせるだけだった。

「申し訳ありません。恥ずかしがる貴女が可愛くて。ついいじめたくなってしまうのです」

「う、うぅ……困るわ。そんなの……」

「これ以上周囲に我々の会話を聞かれるのが困るのならば、一曲私につきあったほうがいいと思いますが――」

「……わかったわ」

（策士なんだから……）

ジュスティーヌは渋々頷いてみせると、彼の手をとったまま腰を落として一礼した。

セドリックは満足そうな微笑《ほほえ》みを浮かべると、彼女をホールの中央へと誇らしげにエスコートしていく。

（グレンに……見られたくない……どうか見ないで……）

そう願うも背中に痛いほどの視線が突き刺さるのを意識せずにはいられない。

振り向くことが躊躇《ためら》われるほどの圧を感じて青ざめる。

管弦楽団が新たにワルツ用の曲を奏で始めた。

セドリックは胸に手をあてて改めて一礼すると、ジュスティーヌの腰を抱き寄せてワルツをリードしていく。

彼の流れるような優雅な動きに身を委ねていると、確かに自分のダンスの腕前まであがったような気がするが、やはりグレンの視線が気になって動きが固くなってしまう。

そんなジュスティーヌにセドリックが囁いた。

「――そんなに彼のことが気になりますか？」

「っ⁉」

低く男の色香に満ちた声にぞくりとする。

彼の鋭い指摘にジュスティーヌはハッと息を呑んで目を泳がせた。

「私のことだけしか考えられないように、まだまだ調教が必要のようですね」

不意に彼の語気が嗜虐の色を帯び、ジュスティーヌの胸は妖しく締め付けられる。

(調教って……前みたいな？)

セドリックの執拗なまでの責めを思い出してしまい、下腹部の奥が熱く火照る。

グレンとのことがあったからとはいえ、初めてだというのに情け容赦なく奪われた。幾度も幾度も――まるで十年の時を埋め合わせようとでもいうかのように。

周囲の目を気にすることなく、セドリックはジュスティーヌの細い腰を抱き寄せて、唇が今にも触れあいそうな距離で彼女の目を見つめながら微笑みかけてくる。

その穏やかで紳士的な微笑みには、どこか得体のしれない影が差しているが、ジュスティーヌ以外にそれに気が付いている人たちはいないだろう。

冷ややかな目の奥に燃え盛る獰猛な炎は、あの激しい夜のことをジュスティーヌに思い出させる。

(ダメ……思い出しては……)

息が弾んで、腰の奥のほうが疼き、足がふらついてしまう。

だが、そんな彼女をセドリックが支えて、うまくワルツをリードする。

「あれから一週間。片時も忘れたことはありません。貴女の乱れた姿、愛らしい悲鳴――何度夢に見たことか」

「……そんな、こと……言わないで」

「なぜですか？」

「…………」

わざとらしい意地悪な質問にジュスティーヌはきつく眉根を寄せる。

(忘れられるはずがないって……分かっているくせに……わざと私に思い出させようとしているんだわ……)

悔しいが彼の思惑どおり、身体の奥が妙に疼きだして居ても立ってもいられない心地になってしまう。

あまりに激しい破瓜の記憶は、ジュスティーヌの心身に焼き付いていた。

身体のあちこちに残された痕を目にするたびにあのくるおしいほどの感覚までが生々しく思い出される。

きっとそれも全てセドリックが意図した罠《わな》に違いない。

「そろそろ次の決闘を挑まれる頃合いかと——勝者となり、再び貴女と蜜夜を過ごすことができることを楽しみにしていますよ」

耳たぶに軽くキスをしてそう告げると、セドリックはグレンへと流し目をくれた。

つられてジュスティーヌもおずおずと彼のほうをちらりと見やる。

刹那、心臓を氷の手で鷲掴みにされたかのような衝撃に打ちのめされる。

「………」

今やグレンは黄金の双眸に恐ろしい殺意を漲《みなぎ》らせて、ワルツを踊るジュスティーヌとセドリックを睨《にら》み付けていた。

そのただならぬ空気を察したのだろう。取り巻きの女性たちもめいめいが不安そうな表情で彼と距離をとっていた。

ジュスティーヌはいたたまれない思いで唇を噛みしめる。今すぐダンスを中断してこの場から逃げ出したい衝動に駆られるも、セドリックの顔をつぶすわけにはいかないし、パーティーの主催者が醜態をさらすわけにもいかない。

（ああ、どうかダンスが早く終わりますように……）

たった一曲分のダンスが気の遠くなるほど長いものに思える。

ジュスティーヌは生きた心地がしないまま、ぎこちないステップを踏み——ようやく一曲踊り終えた頃には神経がすり減りくたびれ果てていた。

（いったんこの場を離れて落ち着かなくては……）

セドリックに一礼すると、深呼吸を繰り返して乱れた気持ちを整えようとする。

しかし、それよりも早くグレンがまっすぐ二人のほうに向かってゆっくりとした足取りで歩

いていき、二つに割れていく。

会場がざわめき、周囲の人々が鬼気迫る様子のグレンへと道を譲っていき、二つに割れていく。


ただごとならぬ様子に皆動揺しているようだった。

まさかの事態にジュスティーヌも狼狽《うろた》えてしまう。

「ニース公爵、どうかなさいましたか？　私に何か用事でも？」

「ああ――」

セドリックとグレンの間にこわいほどの緊張がはしる。

「ま、待って……二人とも……話なら後でゆっくり――」

ジュスティーヌが二人の間に割って入ろうとしたそのときだった。

グレンが手袋を外すと、セドリックへと投げつけた。

それは決闘の申し込み。

会場がどよめく中、ジュスティーヌは愕然《がくぜん》とする。

（パーティーの最中に決闘を申し込むなんて……）

あまりにも大胆不敵なグレンに気圧《けお》される。

グレンの目に映っているのは今はただ一人、セドリックのみ。

彼の憎悪すら滲《にじ》んだ目にジュスティーヌの胸は押しつぶされそうになる。

かつての仲が良かった幼馴染同士がこうも憎み合うなんて――そして、その理由の一端が自分にあることがやりきれない。

しかし、打ちひしがれている場合ではない。この場をなんとか治めなければ。

ジュスティーヌはいまにも折れてしまいそうな心を決死の思いで奮い立たせると、二人に向かって毅然《きぜん》と言い放った。

「――ニース公爵、パーティーの主催者として、この場での決闘は認めません。場を改めていただきます」

時期女王らしい威厳に満ちた態度に、場にはりめぐらされた緊張がわずかに緩む。

ドレスの下、足はガクガクと震えていたが、それを周囲に悟らせないように、ジュスティーヌはまばたき一つせずにグレンを真っ向から見据えた。

「御意、時期女王の仰せのままに――」

グレンはその場に跪《ひざまず》くと、深々と頭を垂れる。

セドリックも同様にジュスティーヌへと跪いてみせた。

ジュスティーヌは、なんとかこの場を治めることができたことに心底胸をなで下ろすも嫌な予感が的中してしまったことを憂わずにはいられなかった。

ジュスティーヌは二人を連れてパーティー会場を後にした。

主催者が席を外すことは本来あるまじきことだったが、次期女王争奪戦は他の何よりも優先しなければならない決まりになっている。

二人の決闘が終わり次第、すぐに会場に戻るとゲストたちに告げたジュスティーヌが向かったのはかつての思い出の場所、藤色のウィスタリアが咲き乱れる裏庭だった。

（……二人がそれぞれの家の名誉を背負って、過去の恨みをはらすべくいがみあっていたとしても……どうか昔一緒に仲良く過ごしていたことを思い出して欲しい……）

そんなジュスティーヌの願いもむなしく、グレンとセドリックはそれぞれの武器を手にして睨《にら》み合《あ》っている。

あまりにも急な決闘だったため、今回は大司祭の立ち合いはない。その場合、勝敗の采配をするのはジュスティーヌ。

二人のちょうど中間地点に立ったジュスティーヌはあまりにも重い責務に青ざめきっていた。

何せ少しでも判断が遅れてしまえば、どちらかが命を落とすことになりかねない。失敗は許されないのだから。

「……二人に……女神のご加護あらんことを――」

心の底からそう祈りながら、ジュスティーヌは二人にむかって十字を切って祝福を授けた。

祝福を受けた二人は互いに一礼すると、剣の柄に手をかける。

ラベンダーのふっくらとした花弁を幾重にも連ならせたウィスタリアはまぶしいほど美しく咲き誇っていて――それが逆にどうしようもなく悲しく思えてならない。

思い出の場所は昔と変わらないままなのに、三人の関係は変わり果ててしまった。

ジュスティーヌは必死に涙をこらえながら、まばたき一つせずに二人の決闘を見届けようと唇をきつく噛みしめる。

セドリックとグレンは剣を構えると、互いの間合いを推し測りながら、じりじりと相手の出方を窺っている。

緊迫した空気には前回以上に鬼気迫るものがあった。

果たして、先に動いたのはセドリックだった。

気合いもろとも、右足を大きく踏み出すと同時にレイピアで叩《たた》き込《こ》むようにグレンの手負いの肩めがけてへと鋭い突きを繰り出す。

グレンは右に体を捌《さば》くと、怪我《けが》をしたほうの肩を庇《かば》いながら後方へ飛《と》び退《の》いた。

（やっぱり……まだ一週間だもの。怪我は治っていなくて当然……それなのにどうして自分から決闘を挑むような真似を……無謀すぎる……）

明らかにグレンのほうが不利で、ジュスティーヌは気が気ではない。

だが、セドリックは情け容赦なく猛然と追撃にかかる。

蒼のマントを翻しながら前へと軽やかにステップを踏み、一気にグレンとの距離を詰めたかと思うと、手首を返すようにしてレイピアの切っ先で左右に円を描く。

その疾風のような動きにもグレンは一向に動じず、確実に剣筋を見切って紙一重のところでかわしていく。

闘志燃え上がる鋭い黄金の瞳で反撃の機会を虎視《こし》眈々《たんたん》と窺《うかが》いながら——

近距離ではレイピアのほうが有利。

防戦に徹するグレンが、不意にバランスを崩した。

怪我をしている側の肩が無防備に晒《さら》されてしまう。

その隙をセドリックが見逃すはずがなかった。

切れ長の目を細めると、上半身を斜めに倒して渾身《こんしん》の一撃を繰り出した。

鋭い切っ先が再びグレンの肩を深々と貫通するかに思えた。

しかし、グレンはその動きを見切っていた。

寸でのところで片足を後ろに引きざま、身体を斜めにさばいてセドリックの突きをかわす。片膝をついた状態で、返す剣で斜め上へと剣を一閃《いっせん》させた。

一際鋭い剣戟《けんげき》の音が響き、セドリックのレイピアが円を描きながら上空へとはじきとばされる。

間髪入れずに、武器を失ったセドリックの胸元をグレンの剣が切り裂く。

血がしぶきをあげ、ジュスティーヌはすかさず無我夢中に叫んだ。

「それまでっ！」

決闘の決着を告げる悲鳴まじりのその叫び声を耳にしたグレンは、それ以上剣を振るうことはなかった。

深く物憂げなため息を一つつくと、血に濡れた剣を柄へと収める。

（ああ、もう嫌……こんな戦い見ていられない……）

顔面蒼白《そうはく》になったジュスティーヌは震える手をぎゅっと握りしめながら、ふらつく足取りで胸を庇って地に膝をついたセドリックの元へと駆け寄っていった。

「セドリック！　すぐにお医者様に傷を診せないと！」

「――ええ、ですが、ご心配なく。傷はそう深くはありませんから」

「でも……血がこんなに……」

切り裂かれたマントと衣服に鮮血がじわりと拡がっていき、吸いきれなかった血が滴り落ちては、地面へと吸い込まれていく。

「セドリック様、お迎えに上がりました」

低いしわがれた声がして、ジュスティーヌが顔をあげると、短い白髪をオールバックにしたセドリックの老執事ロイがいつの間にか姿を見せ、胸に手をあてると恭しく自分の主へと一礼するところだった。

「肩をお貸ししましょう」

「いや、その必要はない――私のレイピアを頼む」

「はっ、かしこまりました」

セドリックは、すでにいつもと変わらないポーカーフェイスを取り戻していた。

傷を負ったばかりというのがうそのようにその場にすっくと立ち上がると、グレンに鷹揚《おうよう》に微笑みかける。

「隙を見せたのは罠でしたか。貴方《あなた》の剣筋は昔から単純だったので少々油断しました」

「油断か、らしくないな」

「確かに――」

それはほんの二言三言の短いやりとりに過ぎなかった。

しかし、ジュスティーヌはかつての二人を見ているような錯覚を覚えて、感極まってその場に茫然自失と立ち尽くしていた。

(ああ……ようやく再会できた……)

胸がいっぱいになって、視界が涙で滲む。

ただの思い過ごしかもしれない。それでもようやく自分がずっと会いたいと願い続けてきた二人に会えたような気がして胸が熱く震える。

セドリックはロイからレイピアを受け取ると鞘《さや》へと納め、ジュスティーヌへ一度だけ流し目をくれると、何も言わずにその場を立ち去っていった。

彼の風に揺れる銀髪がまばゆい輝きを放つのをぼんやりと眺めながら、ジュスティーヌは長いためいきをつく。

「――ジュシー、何か忘れていないか?」

「えっ⁉ あ、ああ……ごめんなさい……」

グレンの言葉にようやく我に返ると、彼に勝者への祝福のキスをまだしていなかったことを思い出した。

「まったく、私がどんな思いでこの瞬間を待ちかねていたか、まったく分かっていないようだな」

　苦笑すると、グレンはジュスティーヌの顎を掴《つか》んで上向かせた。

　黄金の双眸《そうぼう》を切なげに細めたかと思うと、彼女の頭を掻《か》き抱くようにして身を屈《かが》め、祝福のキスを自ら奪う。

「っ!?　ン……ン……ぅ!?」

　いきなり深く荒々しいキスをされ、ジュスティーヌは驚きに目を瞠《みは》る。

　奥まで一気に舌を突き立てられたかと思うと、舌を捕らわれ、息をつく間もなく情熱的に吸い立てられてしまう。

　グレンがこれほどまでに渇望していたなんて。

　慄《おのの》くジュスティーヌの唇をグレンは獰猛《どうもう》に貪り続ける。

　そのキスに、一週間の間、ジュスティーヌは彼がどんな思いでいたか思い知らされ、抗うことなく甘んじて受け止める他なかった。

「ン……っふ……ンンン……」

　甘やかな快感がじわりと染みてきて、鼻から抜けるような声が洩れ出てしまう。

　息を継ぐ余裕すらなく、ジュスティーヌが朦朧としてきた頃になって、ようやくグレンは彼女の唇を解放した。

深い満ち足りたため息をつくと、グレンは改めて彼女を強く抱きしめ、低い声で独り言のようにつぶやいた。

「あれからずっと後悔していた。ジュシーを力づくで俺のものにしなかったことを。あのとき、すぐに奪っていればセドリックに奪われずに済んだのにって――」

怒りを押し殺したような声がジュスティーヌの胸を突いた。

「絶対に奪い返す。例え、捨て身の攻撃でも必ず次は勝つと決めていた」

そこまでの覚悟があったからこそ、彼は怪我をおしてでも敢《あ》えて決闘を挑み、セドリック相手に勝利を勝ち取ったのだと思い知る。

(でも、捨て身って……一歩間違えれば、グレンがさらに深手を負うこともあり得た。深手ならまだしも……)

縁起でもない予想が頭をよぎり慌てて打ち消すも、その可能性は否定できない。

ジュスティーヌはグレンの身体を強く抱きしめ返すと、胸の内を吐露した。

「……グレン、もうこれ以上傷ついてほしくない。こんな決闘、耐えられないわ……ずっと二人の身を案じ続けなくちゃならないなんて……」

「私の身だけ案じていればいい――セドリックはどういうつもりか知らないが、俺のほうはあいつを殺すつもりはない」

「っ⁉　どういう……こと？」

「……いくらあいつがマディアス家の人間だったとしても……昔、親友だったことをなかったことにはできないだろ？」

「……グレン」

ジュスティーヌは顔をあげると、グレンの目をまじまじと見つめる。

彼の黄金の瞳は、昔と変わらずどこまでも澄んでいた。

それが何よりもうれしくて、ジュスティーヌは涙を浮かべて笑み崩れる。

「ありがとう……良かった……本当はそんな風に思っていてくれたなんて……やっぱりグレンは昔のまま、変わっていなかったのね……」

「人ってそう簡単に変われるものではないだろう。確かに、代々マディアス家とノイス家は諍《いさか》いが絶えず、私の父も前回の争奪戦でセドリックの父の罠にかかり片腕を失い、騎士団長の座を追いやられた。その卑劣な行為そのものは憎んでいるし、いずれ制裁をくださねばとは思っているが、幼馴染のよしみだ。命まで奪わずとも――」

「待って……どういうこと？　私が聞いた話と違うわ……セドリックのお父様は、グレンのお父様にだまし討ちに遭ったって……」

「セドリックがそう言っていたのか⁉」

「相変わらず策士だな。しかし、ついていい嘘《うそ》と悪い嘘ってものがあるだろう。まったく食えないやつだ……」

グレンが辟易《へきえき》とした様子で言い捨てるも、ジュスティーヌは違和感を覚えて眉根を寄せていた。

（どちらかが嘘をついている⁉　だけど……もしもそうでないのだとしたら？）

考えを巡らそうとするも、グレンの言葉がそれを止めた。

「まあ、そういった込み入った話はまた後日に改めることにしよう。今なすべきことだけに集中するべきだ」

「……ええ、確かにそうかも……」

ジュスティーヌはハッと我に返ると、主催者でありながら決闘のためにパーティー会場を抜け出してきたことを思い出した。

「早くパーティー会場に戻らなくては。不審がられてはいけないし……」

「いや、それはセドリックからジュシーを奪い返してからのことだ」

「え？」

思わぬ言葉に驚くジュスティーヌの首筋へとグレンが唇を押し当てていく。

「っ⁉　ま、待って……決闘は夜を共にする権利のはずでしょう⁉」

「悪いがさすがにこれ以上は待てない。今ここで私のものにする」

「だ、駄目よ……不審がられるわ……気づかれでもしたら大変なことに……」

「それでも構わない」

強い口調でそう断言すると、グレンはジュスティーヌの耳たぶへと軽く歯を立てた。

刹那、ジュスティーヌははじかれたように身を翻して彼から逃れようとするも、背後から覆《おお》いかぶさるように抱きしめられてしまう。

「い、やっ……グレン、離して……」

「断る」

グレンはジュスティーヌの胸元を力任せに引き下げると、中からまろび出てきた二つの乳房を鷲掴《わしづか》みにして揉《も》みしだく。

その荒々しい愛撫《あいぶ》にジュスティーヌは慄くも、同時にグレンの胸の内がひしひしと伝わってきて、彼の思いを受け入れなければ――という思いにも駆られてしまう。

その躊躇《ためら》いが隙を生んだ。

グレンは彼女の両手を後ろへと引っ張ったかと思うと片方の腕で掴み、抵抗できない格好をとらせた。

そして、もう片方の手でドレスの裾をからげると、下から現れでたヒップを覆う薄布を力任せに引き裂く。

「っきゃ！」

悲鳴をあげたジュスティーヌは必死に身をよじって抵抗しようとするも、腕を後ろに引っ張られて固定されているためどうすることもできない。

セドリックとのダンスで秘所は濡れたままだった。

それを確かめたグレンは無言のままベルトを外すと、すでに固くそそり勃起《た》った半身をジュスティーヌのヒップの下に息づく割れ目へとあてがった。

熱を帯びた肉棒がぬちゅりという音をたてて狙いを定める。

「ひ、ぁあっ、やっ⁉　やぁ……そんな……まさ、か……ダメよ、お願い。こんなところではさすがに……せめて場所を変えてちょうだい」

あまりにも性急なグレンの行為にジュスティーヌは肩越しに彼を見据え、必死の形相で中止を願う。

あんな誰にも言えないような恥ずかしい行為をまだこんなに明るい時分から、日の下かつ誰の目があるか分からない場所でするなんて正気の沙汰ではない。

だが、グレンはさらなる奥へと続く道を見つけると、躊躇《ためら》うことなくひと思いに肉棒で貫いた。

「――ッ⁉」

セドリックの意地悪な言葉責めのせいでいくら濡れていたとはいえ、解されてもいない膣壁《ちつ》に深々と太い肉棒を穿《うが》たれ、ジュスティーヌは声ならぬ声をあげると、細い顎を突き出してのけぞった。

（あ、あ、あぁ……いきなり、だ……なんて……）

目の前に光がちらつき、押し拡《ひろ》げられた蜜壺がぎしりと軋《きし》む。

身じろぎすら躊躇われるすさまじい拡張感に青ざめたジュスティーヌは、震える声で彼に訴える。

「や、あ……ぬ、抜いて……ちょう、だい……お願い……」

「ああ、私の気が済んだらな。悪いがもう待てない」

ジュスティーヌの訴えをすげなくあしらうと、グレンは膣内の感触を味わうようなゆっくりとした腰つきで抽送を始めた。

「ひっ⁉ あ、あぁあっ……ん、う、っくぅ……」

熱い肉棒に張り付いた膣壁が、彼の動きに合わせて淫らな揺すぶりをかけられる。

「っん！ あ、あ、あぁあ……」

びくびくっと背中を波打たせながら、ジュスティーヌは甘い嬌声《きょうせい》をあげてしまう。

（声を出しては駄目……いくら決闘のために人払いをしているとはいえ……いつ誰に気づかれてしまうかしれないもの）

パーティー会場を後にして、もうかなりの時間が経過している。ルイズが探しにきてもおかしくはないし、彼女のことだから万が一のために近くで控えているという可能性も考えられる。

（けして気づかれるわけにはいかない……）

グレンの肉槍で蜜壺を衝《つ》かれ、掻《か》き回《まわ》されていくごとに、下腹部にいやらしい熱がこもっていき、喉の奥からあられもない嬌声がつきあげてくる。

ジュスティーヌは口を真一文字に引き結んで、それを抑え込むのに必死だった。

少しでも唇が解けてしまえば、もはやどんなに淫らな声をあげてしまうか自分でも分からない。

次期女王として相応《ふさわ》しい行動を常に心がけてきたジュスティーヌにとって、それは耐え難い屈辱だった。

だが、同時に、「してはいけないことをしている」という背徳感によって、心身は異様なまでに昂《たか》ぶりグレンを求めてしまう。

「あ、はぁはぁ、ン……ううっ、っく、ううう……」

「どうした？　声を我慢しなくてもいい」

「そんなわけ……には……いかないわ」

背後から深々と貫かれ、切羽詰まったジュスティーヌは唇をきつく噛みしめて、グレンを窘《たしな》めるように見据える。

「こんなにも俺を求めておきながら、必死に我慢しているジュシーを見ると、セドリックやパーティーのゲストにも聞こえるくらいの声で啼《な》かせたくなる――」

獣のような獰猛な息をついたかと思うと、グレンはジュスティーヌの手をさらに後ろへと引っ張り、鋭く腰を打ち付け始めた。

「ひっ⁉　あっ！　あぁっ！　や、いやぁああっ！」

引き攣《つ》れた声をあげながら、ジュスティーヌは無我夢中で首を左右に振り立て、背中を弓なりに反《そ》らせて激しく身悶《みもだ》える。

（奥……ああ、そんなに深く……力いっぱい突かない、で……こ、壊れ、てしまう）

子宮口に荒らぶる衝撃がひっきりなしにはしり、しかもそれはさらに激しく鋭く速度を増して苛烈に責めたててくる。

「あぁあっ……あ、あぁあぁあああ……」

淫らな震動が子宮に響き、愉悦のしこりが爆《は》ぜて全身へと拡がっていく。

グレンがいかに自分を渇望していたか、この獣のような交わりから全て伝わってきて、ジュスティーヌの胸は切なく締め付けられる。

（ああ、グレンはこんなにも……私のことを……それなのに私は……）

彼を避け続けてきたことを思い、自己嫌悪に駆られる。

同時に、その償いをしなければとも強く思う。

「ん、あぁあ……グレン、ごめ、んな、さい……好きにして……はぁはぁ……貴方の気の済むまで……」

ジュスティーヌは喘《あえ》ぎあえぎ、肩越しにグレンを見つめながらそう訴えかけた。

それを耳にした瞬間、グレンはなんともいえない表情をして、後ろへと引っ張って自由を奪っていた彼女の手を解放した。

代わりに背中から覆いかぶさると両手で胸を鷲掴みにし、獣じみた唸《うな》り声と共に全身全霊をかけて肉槍を穿つ。

蜜壺の奥深くを凄《すさ》まじい勢いで穿ち続ける濡れた音と二人の身体がぶつかり合う乾いた音が重なり合い、淫らな行為は加速していく。

「っあ、んぁっ！　ンンっ！　っう、っく、あぁあっ、も、もう……駄目……あ、あ、頭がおかしく……んぁっ、な、って……」

ジュスティーヌは自由になった両手で口元を覆いながら、呂律《ろれつ》の回らなくなった舌で限界が近いことをくるおしげに報《しら》せる。

するとグレンはさらに熱を込めて肉杭《くい》を子宮口にめりこませるようによりいっそう深くを自重をかけて穿っていく。

「ンンンっ！　ンンンンンぁあああっ！」

太く重い律動に責めたてられ、ついにジュスティーヌの意識は絶頂の高波に押し流されてしまう。

心身がどこか遠くへと飛んでいってしまうような感覚と共に、罪悪感も背徳感も全てがないまぜになって融《と》け消えてゆく。

ジュスティーヌはウィスタリアを仰ぎ見ながら、その場に崩れ落ちそうになる。

しかし、グレンは強い意志で射精の衝動をやり過ごすと、なおもジュスティーヌへと牙を剥《む》き出《だ》しに襲いかかっていく。

（あ、ああ……まだ……だったなんて……）

朦朧《もうろう》として霞《かすみ》がかっていたジュスティーヌの意識は、くるおしいグレンの抽送によってすぐさま現実へと引き戻された。

「ひっ！　あ、っく、あぁ、あぁああっ！」

獣のように激しく貪られ、もはやまともな言葉を紡ぐことすらできなくなる。

（グレン……本物の……獣みたい……）

怒りに我を忘れた手負いの獣はそう簡単には静まらない。

それを痛いほど思い知らされながら、ジュスティーヌは自分までも獣になり果てたような錯覚に陥る。

「っあ、あ、あぁ、ンぁっ！　はぁ、あぁああ！」

グレンの猛攻から逃れることばかり考えていたはずなのに、いつしか自ら彼の動きに合わせて淫らに腰を突き出してしまうようになっていた。

（ああっ、これ、すご……い……止まらなく、なって……）

一際深くつながるたびに、こわいほどのエクスタシーに呑まれ、ジュスティーヌは野外で嬌態《きょうたい》を晒していることさえ忘れてしまう。

雄の化身と愉悦にうねる膣壁は、互いを逃すものかと濃密に絡み合い、融けて一体化するかのようだった。

「ン、ああっ！　あぁああ、グレンッ！　も、もうっ……いっそ……壊してっ！」

くるおしい嬌声を放ちながら、ジュスティーヌはグレンを心の底から欲してしまう。

「ああ――」

グレンは逞《たくま》しい肩を上下させながら、鷲掴みにしていた乳房に爪をたて、渾身の力を込めて最奥を貫いた。

「っ⁉　あ、あ……来るっ！　あぁあっ、あぁぁあああっ！」

ジュスティーヌは全身を激しく痙攣《けいれん》させながら、ウィスタリアを仰ぎ見て、愉悦のさらなる高みへと昇り詰める。

「……くっ……うっ⁉」

グレンは低く呻《うめ》くや否や、目の前に無防備にさらけ出された細い首筋へと歯を立て、ぶるりと身震いした。

刹那、大量の熱い精液がジュスティーヌの膣内を白濁に染め上げる。

肉槍は一度ならず、幾度も力づよくしなりながら精を放ち続ける。まるで今まで我慢していた分を取り戻そうとでもするかのように――

（グレンの……が、いっぱい……出てる……）

ことさらに深い絶頂は反動を伴うもの。

ぐったりと身体を弛《し》緩《かん》させたジュスティーヌは、悩まし気に目を閉じて、身体の奥深くで雄々しく脈打つグレンを感じていた。

先ほどまでの獣のような交わりが嘘のように、辺りはしんと静まり返っていた。

優しい風が裏庭を吹き抜け、ウィスタリアの花弁が揺れて奏でる軽やか音と二人の乱れた息づかいしか聞こえてこない。

背中にグレンの心臓が早鐘を打つのを感じながら、ジュスティーヌは首筋に歯を立てている彼の頭をそっと撫でた。さながら手負いの獣を宥めるように。

グレンは深いため息を一つつくと、彼女を背後から強く抱きしめ、その耳元に自嘲めいた口調で囁《ささや》いた。

「ジュシー、悪い——夜まで待つべきだったな」

「ううん、謝らないで。そこまで追い詰めていたと気づかなくて……私のほうこそいろいろとごめんなさい……」

「いや、無理もない。そもそもその原因は私にあったのだしな」

ぎこちなかった空気はすでに跡形もなく消え失せていた。

ようやくきちんと彼に謝ることができて、ジュスティーヌの胸に立ち込めていた暗雲は久々に薄らいでいた。

「……ようやく奪い返すことができた」

グレンは満ち足りた吐息をつくと、ジュスティーヌの肩に頭を預けきる。

ついさっきまで牙を剥き出しに襲いかかってきていた獣の姿は跡形もなく、彼が昔飼っていた人懐こい猫のようだとジュスティーヌは笑いを誘われる。

（良かった……いつものグレンに戻って……）

グレンと軽く唇を重ね合わせて互いに笑い合うと、ジュスティーヌは静かに目を閉じて祈った。

（……いつかまた三人一緒にここで笑えますように……）

と。

ж　ж　ж

ジュスティーヌの身なりを整えると、グレンは何事もなかったかのように彼女を伴ってガーデンパーティーの会場へと戻っていった。

ようやく主催者が戻ったのを目にしたゲストたちの表情にも安堵《あんど》の色が滲む。

しかし、やはり異例の事態は明らかに様々な憶測を呼んでいるようで、ジュスティーヌはやたら周囲から向けられる視線を針のむしろのように感じていた。

（いろいろと……変な噂にならないといいけれど……）

グレンがセドリックに決闘を挑んだのは明らかで——場を改めて決闘が行われたこととその勝者も一目瞭然。

それだけでもゴシップネタとしては十分すぎるほどなのに。

獣のようにグレンに抱かれてしまったことを知られれば、とんでもないことになってしまう。

誰にも気づかれないようにと、最初こそ必死に声を堪えていたが——グレンに激しく貪られて我を忘れてしまった後半は正直自信がない。

万が一、あんな痴態をこの中の誰かに見られたかもしれないと考えるだけで、顔から火が出そうになり、この場から逃げ出したくなる。

（たぶん気づいた人はいない……はず……少し離れたところで控えてもらっていたルイズも気が付いていなかったみたいだし……きっと大丈夫……）

そう自分に言い聞かせるも、だからといって油断はできない。

身なりを整える際に携帯用の鏡で確認したが、首筋には彼に立てられた歯の痕が生々しく残っていた。

誰かに気づかれてしまえば、やはり良からぬ噂になってしまうに違いない。

首筋の痕をさりげなく手で庇うようにして、ジュスティーヌは周囲に笑顔を振りまきながらセドリックの姿を探していた。

おそらく傷の治療を終えたとしても、プライドの高い彼のことだから会場に戻りはしないだろうとは思っていた。

その予想が的中し、ジュスティーヌの表情を曇らせる。

（……セドリックのことだから、今回のことで思い詰めないといいけれど）

いつもクールでポーカーフェイスな外見からは想像もつかないが、グレンにけして劣らない情熱を隠し持つセドリック。

のみならず、恐ろしいほどの嗜虐心をも併せ持つ。

その怖さを身に沁《し》みて思い知るジュスティーヌは不安でならない。

と、そのときだった。

「――ジュシー、主催者が仏頂面をしていてはゲストたちも楽しめないだろう？」

「ご、ごめんなさい……」

グレンに耳打ちされ、慌てて笑顔をつくる。

「セドリックのことがそんなに心配か？」

「…………」

図星を突かれて、気まずそうに視線を彷徨《さまよ》わせる。

（やっぱり……いない……）

「……この場で決闘を挑んだのはまずかったか、やっぱり……」

「グレンもそう思う？」

「ああ、いろいろと面倒なタイプだしな。きっと今頃、私を陥れる罠とか策を練っている頃だろうな……」

「……ええ」

二人の憂鬱なため息が重なり合う。

「まあ、もう起きてしまったことはどうすることもできない。どんな罠であってもあいつのものなら正々堂々と受けてたつさ。自業自得のようなものだしな」

呆《あき》れた風に苦笑するグレンにジュスティーヌの胸は少し軽くなる。

「とりあえず――気分転換に私と踊ってはもらえないか？」

ジュスティーヌの手をとると、グレンは恭しく一礼してきた。

「だ、駄目よ……今は踊れないわ……」

「セドリックとは踊ったのに、私では役不足か？」

「違うわ……そうじゃなくて……今とさっきではその……状況が違うでしょう⁉」

首筋の痕を手で庇いながら、ジュスティーヌは困り果てた様子で首を左右に振る。

「――どう違うんだ？」

不意に耳元に熱い息と共に色香を滲《にじ》ませた低い声で囁かれ、心臓がどくんっと跳ね上がった。

「ど、どうって……分かっている……くせ、に……」

グレンの意味深な囁きに先ほどの激しい行為が思い出され、無意識のうちに下腹部がきゅっと収斂《しゅうれん》する。

それと同時に、たっぷりと注ぎ込まれた濃い精液が外へと押し出されてきて、ジュスティーヌは青ざめた。

（……い、や、駄目……溢《あふ》れて、きちゃ、う……）

慌てて下腹部に力を入れて精汁が外に洩れでるのを防ごうとするが、その努力もむなしく内《うち》腿《もも》に生ぬるい液体が伝わり落ちていくのを感じて恥じ入る。

想像だにしなかったピンチに切羽詰まった表情でグレンを甘く睨むも、彼はいたずらっぽい表情を浮かべたまま肩を竦《すく》めてみせるだけ。

ドレスの下で起きている非常事態に気づいているのは明らかだった。

（こんな状態でダンスなんて……無理に決まってる……分かっているくせに……）

今にも泣き出してしまいそうになったジュスティーヌに、グレンはようやく助け舟を出した。

「まあいい――この場で踊らない代わりに今夜は二人きりで踊り明かすとしよう。悪いが寝かせるつもりはない。覚悟しておくんだな」

「……っ⁉」

（お、踊りって……ワルツのことじゃないわよね……）

蜜夜権のこともある。きっといやらしい意味合いが暗に込められているに違いない。

そう察したジュスティーヌは耳まで真っ赤になってドレスをぎゅっと握りしめる。

グレンは彼女へといたずらな流し目をくれると、胸に手をあてて再度一礼し、緋色《ひいろ》のマントを翻してその場から立ち去っていった。

「ジュシー様？　グレン様を追わなくてもよいのですか？　せっかくダンスを申し込まれましたのに……」

傍に控えていたルイズがグレンが去っていった方向を見やりながら、ジュスティーヌを咎《とが》めるように言った。

「え、ええ。ちょっと足をくじいてしまって……お断りしたの……」

「まあ！　大丈夫ですか⁉」

「ダンスを踊るのはさすがに無理だけど、歩くのにはさほど支障はないから大丈夫。問題ないわ……」

ぎこちない嘘を素直に信じるルイズに後ろめたい気持ちに駆られるも、さすがにあんな秘密を明かせるはずがない。

ジュスティーヌは複雑な思いでグレンの背中を見つめると、周囲に気づかれないようにそっとため息をついた。

（やっぱり……グレンとセドリック……どちらも同じくらい大切で……愛《いと》しい。一体私はどうすればいいの？）

争奪戦において最優先されるのは自分の意志。

だが、肝心のそれがジュスティーヌ自身にもわからない。

セドリックとグレンの両者に抱かれた今——友情は愛情へと変化を遂げつつあったが、二人とも同じくらい愛おしく思えてならない。

どちらか一人と決めることができれば、きっと全ての問題は解決するはずなのに。

セドリックを選べばグレンを裏切ることになり、その逆もまたしかり。

それは耐え難いことだった。

そもそも、十年もの間、ずっとまた三人一緒に同じ時を分かち合いたいと願ってきたのに、いきなりそれをなかったことにすることなんてできるはずがない。

たとえ友情が愛情に変わろうとも、どうやらそれは変わりそうもない。

ただ一つだけ分かっていることは、セドリックとグレンが憎み合い、傷つけあう姿は見たくないということ。

（そのために自分にできることがあるならなんでもしよう。考えても仕方ないことは心の中から追い出して……今はそうするしかない。悩んでいる時間が惜しいもの。足踏みしている暇なんてない。一歩でもいいから前に進まなければ……）

ジュスティーヌは、グレンの言葉を思い出しながらそう胸に固く誓うと、今自分にできることについてのみ考えを廻《めぐ》らせ始めた。

もはや、周囲の目はまったくといっていいほど気にならなくなっていた。

ж　ж　ж

湯浴みを済ませて、レース仕立ての夜着に着替えたジュスティーヌは落ち着きなく自室を歩いていた。

ガーデンパーティーを無事終えて、心身共に疲れ果てているにも関わらずに――

（どうしよう……やっぱり緊張する……）

幾度となく時計に目を運んでしまう。

時計の針は０時を指すところだった。

もうじき、決闘に勝利して蜜夜権を得たグレンが寝室を訪ねてくる。

それを思うだけで、決闘の後、屋外で激しく抱かれたときの様子が生々しく蘇り、全身の血が沸騰する。

（あんなグレン……初めてだったもの……）

獣のような息遣い、眼光――そして、背後からがむしゃらに突かれたこと。

思い出すだけで息が乱れ、無意識のうちに熱いため息をついてしまう。

それと同時に、セドリックの姿が脳裏をよぎり、胸がちくりと痛む。

どうしても心配で、ルイズに彼の容体を尋ねにいってもらったところ、彼の執事ロイが対応してくれた。

彼の言葉によると、確かにグレンの言っていたとおり傷は浅くて大事はないとのことでホッとはしたものの、決闘のたびに二人のどちらかが傷を負うのは明らかで――そのたびに命の縮むような思いに駆られねばならないのかと思うと憂鬱になる。

（……なんとかしなければ）

そう思って、ライティングデスクの上に置いている携帯用の聖書に目をやったちょうどそのときだった。

ドアがノックされ、その場に飛び上る。

「は、はい……どう、ぞ……」

ぎこちなく返事をすると、ドアが開いてグレンが姿を見せた。

いつもの緋色のマントに貴族服といういでたちではあるが、鎧は外している。

グレンはジュスティーヌに微笑みかけると、彼女の元へと歩いてきた。

「昼は済まなかったな」

「え、ええ……もう本当に……どうなることかと……」

ジュスティーヌは緊張と気恥ずかしさをごまかすべく、腕組みをしてグレンを甘く睨んでみせた。

しかし、グレンは一向に悪びれない。

「ははは、でも、誰にも気づかれず無事パーティーは終わったことだし、終わり良ければすべてよし、だ」

「……それは結果論でしょう!? 誰かに気づかれたら大変なことになってたのに」

「それはそれで――燃えるな」

「っ!?」

不意にグレンのまなざしが危険な光を帯び、ジュスティーヌの心臓は甘く跳ねる。

「ば、馬鹿な事を言わないでちょうだい！」

「確かにそうだな。時間が惜しい」

そう言うと、グレンはジュスティーヌの頬をいとおしげに撫でた。

そして、顎を上向かせると優しく唇を重ねてきた。

「…………っ」

ジュスティーヌはぞくぞくしながら目を細める。

寝室が静まりかえり、心臓が壊れんばかりに早鐘を打ち始めていた。

グレンは黙ったまま彼女の身体を横抱きにしてベッドへと運んでいく。

だが、彼女を下ろすときに小さく呻くと一瞬顔をしかめた。

「グレン？　どうしたの？　大丈夫⁉」

「っすまない。昼間の決闘で傷が開いてな——」

「っ⁉　大変……無理はしないで……」

「ジュシーを取り戻すためなら、なんでもするに決まってるだろ。無理くらいどうってことはない」

「……っ⁉」

グレンの言葉にジュスティーヌは耳まで真っ赤になって黙りこくる。

「駄目よ……」

「なら、私を選べばいい」

ベッドに仰向けにしたジュスティーヌの顔の横に両手をつくと、グレンはじっと彼女を見つめた。

「…………」

頷くことができたらどんなにかいいだろう。

しかし、セドリックのことを思うとどうしても躊躇ってしまう。

「やはり無理か――」

「……ごめん……なさい……本当に二人とも同じくらい大切なの……」

「まあ、その気持ちは分からなくもない」

申し訳なさそうな表情をしたジュスティーヌにグレンは屈託なく微笑みかけた。

そして、彼女の額とこめかみにキスをすると首筋に唇を這わせていく。

「ま、待って……傷が開いてしまったのでしょう？　今夜はやめておいたほうが……」

「そんなに心配か？」

「当たり前でしょう！」

「大丈夫だ。傷にさわらない方法もある」

「え？」

「ああ」

意味深な微笑みを浮かべると、グレンはジュスティーヌの隣にゆっくりと仰向けに横になった。

そして、彼女の手を自らの下半身へと導く。

「っ⁉」

衣服の上から硬いものに触らされ、ジュスティーヌはハッと目を瞠る。

(これ……グレンの。もうこんなに……)

すでに半身は雄々しく育ち切っていた。

ジュスティーヌの目元は朱に染まる。

いたずらっぽいグレンの視線に心音が加速していく。

「パーティーで踊ってくれなかった分、今夜は踊ってもらうという約束だったしな」

「っ⁉　そ、そんな約束したつもりはないけど……」

「二人きりで踊りあかすという話だっただろう?」

「それは……グレンが一方的に……」

心臓がせわしなく胸の奥を突き上げてきて、ジュスティーヌはしどろもどろになりながら視線をさまよわせた。

グレンは彼女に手を添えて、服越しに肉棒を撫でさせる。

それだけのことなのに、ジュスティーヌの息は早くも乱れ、顔が熱く火照る。

その理由は明らかだった。グレンに獣のように襲われたこと、これからされるだろうことを生々しいまでに想像してしまうからだ。

やがて、グレンはジュスティーヌに半身を握らせた。

「あっ、あぁ……」

ジュスティーヌは、思わず上ずった声を洩らしてしまう。

「触るのは初めてか？」

「っ⁉　と、当然でしょう⁉　まともに見たことだってないのに……」

「そうか」

いつものように、グレンはどこか得意そうな屈託のない笑顔を浮かべると、ジュスティーヌの手を肉棒に沿わさせて動かし始めた。

シャンデリアの明かりを受けて濡れたように光る先端に太い血管を浮き上がらせた幹を盗み見てしまっては、ジュスティーヌは慌てて視線を逸らす。

そうこうしているうちにも、ただでさえ硬かった肉棒はさらに硬度と角度とを増していき、驚きを隠せない。

（不思議……別な生き物みたい……）

「ああ、ジュシー。上手いな……」

熱い溜息をつき、目を細めるグレンの姿を見るや否や、ジュスティーヌの胸がきゅっと甘く締め付けられる。

グレンを喜ばせたい――その一心で、気が付けば彼の介添えがなくとも、自発的に熱を込めて手を動かすようになっていた。

程よい圧で肉槍を包み込むように持ってスライドさせていく。

「――そんなにされると、すぐに欲しくなってしまう」

グレンはジュスティーヌを熱のこもったまなざしで見つめると目を眇めた。

「どうすれば……いいのか……」

「難しいことではない。服も下着も脱いで、自分で挿入《い》れるだけだ」

「っ⁉」

一瞬、何を言われたか分からず、ジュスティーヌは固まってしまう。

が、少し遅れて考えが追いついて、とんでもないことだと反論する。

「む、難しいわ……自分でだなんて……恥ずかしすぎてとても……」

「恥ずかしいからいいんだろう？」

笑いを噛みころしながらも、グレンはどこまでもまっすぐなまなざしを彼女へとじっと差し向ける。

（うぅう、そんな目をされても……困る……）

期待と信頼に満ち満ちた黄金の目に甘えるように見つめられると、その思いに応えたくなる。期待を裏切りたくないと思う。

（……どうしても……しなくては駄目かしら？）

「しなくちゃ……どうせ無理をするつもりなんでしょう？」

「ああ、もちろん」

「…………」

しばらくの間迷っていたが、ようやく意を決して夜着を肩から滑らせるようにして脱いでいく。全身に痛いほどグレンのまなざしを感じながら——

「あ、あまり……見ないで。せめて、明かりを消してちょうだい……」

「断る。もっと見たいくらいだ」

「……もう……わがまま言わないでちょうだい……」

困ったように窘《たしな》めながらも、ジュスティーヌは躊躇《ためら》いがちに下着を脱いでいく。

その様子をグレンはやはりうれしそうに眺めながら、彼女の手をとって自身の化身へと跨らせた。

「あっ……あぁあ……」

硬くて滑らかな塊が花弁へと触れてきて、ジュスティーヌはぞくりとする。

さすがに動きが止まってしまうが、グレンに目で先を促されて、おずおずと腰を落としていった。

「ンッ⁉　っく……うぅうう……あ、あぁ……」

自分の意志で挿入れていくと、狭い箇所をじりじりと押し拡げられていくのをよりいっそう強く感じられる。

恐らく一気に奥まで挿入するのを躊躇するあまり、少し腰を沈めては動きを止め、また腰を沈めていくのを繰り返しているからだろう。

ジュスティーヌは必死の表情で喘ぎあえぎ、ゆっくりと肉槍を埋め込んでいった。

「う、っく……」

ようやく腰を落とし切り、下腹部いっぱいに張り詰めた半身を感じながら深呼吸を繰り返していると——不意に肉槍が膣内でひくんと動く。

「っきゃ⁉」

驚きに目を見開いたジュスティーヌに、グレンは告げた。

「それじゃ、さっそく踊ってもらおうか？」

「え？　お、踊る？」

「ああ、そうだ。自分で腰を動かすんだ」

「っ!?　そ、そんな、こと……できるはず……」

「できないというなら、躍らせるまでだが？」

「………」

よからぬことを考えている様子のグレンに、ジュスティーヌは折れる。

「わ、分かったわ……自分で、してみるから……」

全部挿入れるだけでも大変だったのに。

そう思いながらも、足に力を込めてみる。

「ン、っく……あ、あぁ……あ……」

つながりあった個所から少し腰を浮かせてみるも、すぐに腰を落としてしまう。

だが、気を取り直すと再び力を入れて腰をゆっくりと浮かせていく。

「はぁはぁ……あ、あ、んぁ……」

眉根をきつく寄せて、ぎこちない動きで腰を上下させるジュスティーヌをグレンは優しく見守っている。

「っく……うぅ、あ、はぁはぁ……」

やはり、挿入のとき同様、どうしても途中で動きを止めてしまい、まるで焦らされているかのような錯覚をジュスティーヌへともたらす。

（あぁ、やっぱり駄目……思うように動けない……）

何度か腰を浮かせて沈めてという動きを繰り返すも、どうしてもスムーズに動かすことができない。

「ご、ごめん……なさい。うまく、できなく……て」

「いや、十分楽しませてもらった」

申し訳なさそうにうなだれるジュスティーヌの頬を撫でて労をねぎらうと、グレンは彼女の腰を掴んで、「やはり、ダンスをエスコートするのは男側の役目だな」と言った。

刹那、太い衝撃がいきなり真下から叩き込まれ、ジュスティーヌは悲鳴じみた嬌声をあげてしまう。

「っきゃ、あ……あぁっ⁉　グレン⁉　ンぁっ！　っはぁはぁ……」

ジュスティーヌが半身にまたがった状態で、グレンが下から腰を弾ませたのだ。

雄々しい抽送に不意を突かれたジュスティーヌは、激しい突き上げに身を委ねるほかなく、しどけなく身悶えながらあられもない声をあげてしまう。

「ん、あぁぁ……はぁはぁっ!?　んぁっ、や、あぁっ！」

グレンの腰つきに合わせて、ジュスティーヌの身体がリズミカルに弾み、柔らかな乳房が上下に揺れる。

その動きに触発されたグレンが彼女の乳房を掴むと、さらに熱を込めて腰を荒々しく真下から突き上げていく。

「っひ、あぁあっ！　あぁっ！　んぁっ！　や、やぁっ、あぁああ！」

ジュスティーヌの身体はまるで暴れ馬に翻弄されているかのように頼りなく揺れ、長い髪が宙に躍る。

最奥に鋭い衝撃がはしるたびに、腰砕けになるような甘く淫らな愉悦のしこりが爆ぜ、ジュスティーヌは嬌声をあげながら達してしまう。

焦らされた末に激しく雄々しく何度も何度も貫かれて、息も絶え絶えになりながらジュスティーヌはついにエクスタシーの頂上へと昇りつめていく。

「ん、あぁあ！　ああっ！　や、いやいやいやぁあああぁっ！」

グレンの下半身にまたがったまま、天井を見上げ背筋を弓なりにしてビクビクッと激しく痙攣する。

（ああ、すご……いのが……き、た……）

絶頂の高波に呑まれて頭の中がまっしろになったジュスティーヌは、朦朧とした状態で宙を見つめ、やがてがくりとうなだれた。

しかし、グレンの突き上げはまだ止もうとしない。

「や、ま、待って……グレン、や、あぁ……れ、連続は……さすがに……」

焦って中断を訴えかけるも、グレンは逆によりいっそう熱を込めてがむしゃらに肉槍で蜜壺を穿っていく。

「――今夜は寝かせないって約束だろう？　踊りくるえばいい」

「っ！？　だからっ……そんな約束、一言だって……あ、あぁっ、んあっ！」

反論しようとするも、子宮口に太い衝撃がはしるたびに淫らな声が喉の奥から突き上げてきて言葉を封じられてしまう。

「休憩をとりたくなったら、自分で動けばいい。もう一度挑戦してみるか？」

「う、うぅう……そん、な……あ、あぁ、わ、分かった……から……」

究極の二択にジュスティーヌは困り果てながらも、彼の凄まじい突き上げをこれ以上我慢しつづけられる自信もなくて必死にうなずいてみせる。

そこでようやくグレンは抽送を中断した。

ジュスティーヌは乱れきった呼吸を整えながら、再び自ら腰をゆっくりと上下に動かし始める。

「あっ……あぁっ、んぁっ……や、あぁ……」

激しい羞恥に煩悶しながらも、腰を悩まし気にくねらせてじっくりと肉槍を味わう。

「いい眺めだ」

「う、っく、あぁ……見世物じゃ、ない……のに……」

切羽詰まった声で呟きながらも、気が付けば彼女は肉核がつなぎ目にこすれるように、やや前傾姿勢になって腰を動かしていた。

「んぁっ、あぁああ……な、なに、こ、れ……あ、あぁあっ、あぁああ！」

いつしか、膣壁の敏感な個所を亀頭が抉るような腰つきへと変わり、ジュスティーヌは自らさらなる高みを目指して腰の動きを速めていく。

「はぁはぁっ！　あ、あぁあっ！　グレン……あぁっ、また……」

「ああ、思う存分イっていい」

ジュスティーヌの昂ぶりを半身に感じたグレンは、彼女の腰の動きに合わせて肉槍を突き上げ始めた。

くるおしいほどの突き上げと、自重をかけて腰を一気に落とすタイミングが見事に一致したちょうどそのときだった。

「っひ、あぁあっ！　あぁっ！　深、い！　んぁ、あぁっ！　あ、ああ、イク！」

唇をわななかせながら、ジュスティーヌは左右の肩を交互に突き出すようにして深い絶頂を迎える。

同時にグレンは彼女のヒップを鷲掴みにして獣のように呻いた。

「ン！　あぁっ！　あぁぁああっ！」

ジュスティーヌは鋭い悲鳴をあげると、たまらずがくりと上半身を前に倒す。

その身体をグレンがしっかりと抱きしめると、淫汁で膣内を真っ白に染め上げながら彼女にキスをした。

凄まじい絶頂感に押し流されていくジュスティーヌは、無我夢中で彼の唇を激しく貪ってしまう。

すると、ややあって、蜜壷の中で、一度果てたはずの半身が再び力を取り戻していくのを感じて戦慄する。

パーティーで彼の踊りを断った代償がまさかこんなに高くつくなんて思わなかった。

戦々恐々としながらも、ジュスティーヌはグレンのされるがままに身をゆだねていくほかなかった。

この日の夜は今までになく長くくるおしいものとなりそうだと、おぼろげに感じながら——

ж　ж　ж

ジュスティーヌの寝室へと続く隠し通路に一人の男の姿があった。

隠し扉の隙間からわずかな光が差し込んでいて、どうやらそこから彼は中の様子を窺っているようだった。

「………………」

そのサファイアの瞳には恐ろしい光が宿り、端整な顔立ちとは裏腹に歪な微笑みが浮かんでいる。

艶やかな銀髪の青年――それはセドリックだった。

ため息を一つつくと、踵を返してランタンを手に元来た通路を戻っていく。

通路は一本道で、すぐに階下へと下りる螺旋階段が現れる。

階段を下りた先には、彼の執事を長年務めてきたロイの姿があった。

主に見張りを命じられていた彼は主が戻ったのを見てとると、深々と一礼する。

彼を一瞥すると、セドリックはいつもと変わらない涼やかな口調で告げた。

「――ロイ、例の計画ですが、やはり実行することにしました」

「っ⁉」

老執事に驚きの色が滲む。

だが、それは一瞬のことで、すぐに元通りの穏やかな表情を取り戻すと、ロイは胸に手をあてて主へとしっかり頷いてみせた。

「かしこまりました。すぐに手配致します」

「最短でどのくらいかかるという話でしたか？」

「一ヶ月とのことでしたが」

「三週間で済ませるよう伝えなさい」

「……はっ」

用件のみを手身近に伝えると、セドリックはロイの傍を通り過ぎ、先へと続く複雑な通路を迷いもなく歩いていく。

ロイはその背を不安そうな面持ちで見つめていたが、すぐに我に返ると急ぎ足で追いかけていった。

通路に満ちた空気はどこまでも重く、不吉な予感に満ち満ちていた。

第四章

（……やっぱりお母さまに直接話を聞いてみるしかないかしら。気乗りはしないけれど。あまりにも情報が少なさすぎるもの……）

今分かっていること、自分にできることにだけに集中しよう。

そう決めて考えに考え抜いたジュスティーヌは、城内のバロック様式の飾りがいたるところに施された図書室で途方に暮れていた。

ガーデンパーティーから早くも三週間が経とうとしていた。

その間、ジュスティーヌは公務の合間に時間を見つけては足しげく城内の図書室に足を運ぶようになっていた。

グレンとセドリックの憎しみ合う姿を見たくない。

そのために自分にできることは？

模索した結果、二人が明かしたマディアス家とノイス家の確執の理由が一致していなかったことに辿《たど》り着《つ》いたのだ。

（二人のお父様は、互いに騙《だま》し討《う》ちに遭って社会的な死を迎えたと信じて疑っていない。そして、その仇《かたき》を息子に託している……どちらかが嘘を言っているか、それともどちらもそれを真実と思っているかのどちらか……一体過去に何があったというの？）

もしも、両家の誤解を解くことができたなら、二人が憎み合う理由はきっとなくなるに違いない。

そう信じて、前回の時期女王争奪戦についての記録を探していたのだが、思うような成果は得られなかった。

記録そのものは見つかったが、最終候補者が決闘の際に相打ちとなり争奪戦を続けることが不可能となったことしか記されていなかった。

その詳細は謎に包まれたまま——

ルイズにも当時のことを詳しく尋ねてはみたが、謎の核心に迫るような情報は何も得られなかった。

争奪戦にかかわる人間には厳しい守秘義務が課せられるだけのことはある。

ジュスティーヌは前回の争奪戦について知っている人物を書き連ねたリストを睨《にら》みながら深いため息をついた。

（……大司祭様や世話役の人たちが知っていることは、きっとあくまでも表面的な事実だけよね。その裏側にある真実を知りたい……）

やはり、一番確実なのは、当事者に直接話を聞くことだろう。

しかし、その争奪戦が原因で表舞台から姿を消すことになったセドリックとグレンの父親の古傷をえぐるような真似《まね》ができるはずもない。

万が一、逆鱗《げきりん》に触れてしまえば、ただでさえ険悪な両家間の関係をより悪化させてしまう恐れもある。

となれば、残された当事者は女王ただ一人。

だが、同じ境遇に立たされている身として、争奪戦に関する話は禁忌のような気がしてならない。

（私がお母さまの立場だったら……この件については誰にも触れてほしくない……そっとしておいてほしいもの……）

ジュスティーヌの脳裏に立位式のことが蘇《よみがえ》る。

人前で恥辱を強要される娘に対して哀れむ様子すらまったく見せなかった母。

あのときのショックは、いまだに胸の奥深くに生々しい傷痕を残していた。

目下、争奪戦に翻弄されるあまり意識することは少ないものの、時折思い出したように疼いてはジュスティーヌを苛ませてきた。

(……お母さまは……この争奪戦のことをどう捉えていらっしゃるのだろう……)

物心ついたときから、母娘としての接点はほとんどなかった。

母親としてよりも、女王として厳しく接してこられた記憶しかない。

王家に生まれてきたからには、それが当然のことだと家庭教師たちに教えられてきたため、それについて疑いを抱きもしなかったが——

(本当に……それだけだったのかしら?)

一度芽生えた疑惑はとどまることを知らず、さらなる疑惑を生み出していく。

ジュスティーヌは頭を左右に振ると、負の連鎖が一向に止まりそうもない思考をいったん中断した。

(駄目……疑心暗鬼になっている。憶測は憶測でしかないのに。やっぱりお母さまに直接この思いをぶつけるしかない……)

本能的に地雷を察していたせいだろうか、敢えて母親との正面衝突を今まで避けてきたが、このままでは埒《らち》が明かないと覚悟を決める。

(もう……これ以上二人が傷つくのを見るのは堪えられない。傷が治りきらないうちから決闘を繰り返せば取り返しのつかないことになる……一刻も早くなんとかしなくては)

ジュスティーヌははやる思いで席を立つと、傍に控えていたルイズへと告げた。

「ルイズ、お母様にお会いして直接お話したいことがあるのだけれど、取り次ぎを頼めるかしら？」

「っ!? は、はい！」

仏頂面のルイズの表情に、今まで見たことのない驚きと喜色が浮かぶ。

彼女の反応にジュスティーヌのほうが驚かされる。

「そ……そんなに驚くようなことかしら？」

「ええ、それはもう！　だって、ジュシー様のほうから女王様にアプローチをかけることなんて今までに数えるほどでしたし。それはさすがの私でも驚きます」

「……そういえば……そうだったわね。だってお母さまはお忙しくて、私のことで困らせてはならないと思っていたから……」

それだけじゃない！

かつて子供だった頃の自分が、そう訴えかけてきたような気がしてジュスティーヌはハッと息を呑んだ。

子供心にも女王と自分の間には、何か触れてはならないものがあると無意識のうちに感じていたような気がする。

だからこそ、敢えてそれに触れないようにと避けてきたような——

そのことに気が付くや否や、ジュスティーヌの胸に鋭い痛みがはしった。

（……怖い……）

得体のしれない恐怖が胸をじわりと侵食してきて思わず胸を押さえる。

もしかしたら自分はパンドラの箱を開けようとしているのかもしれない。そんな錯覚すら覚えて身震いする。

しかし、ルイズはジュスティーヌのそんな胸の内には気づいた様子もなく、ジュスティーヌを諭した。

「まったく、親娘なのですから、少しくらい困らせてもいいのですよ。むしろ手のかかる子供こそ可愛いという言葉もあるくらいですから——」

ルイズの言葉に少しだけ救われたような気がして、ジュスティーヌの胸の痛みはいくばくか紛れる。

だが、不安は暗雲となり、彼女の感じやすい心をゆっくりと覆いつくしていった。

今すぐこの場から逃げ出したいような衝動に駆られて、ジュスティーヌは動揺する。

（……逃げては駄目。二人のためにも。私のためにも）

携帯用の聖書を開くと、ずっと大切にしてきた四つ葉のしおりにそっと触れて静かに目を閉じる。

まぶたの裏には、ウィスタリアの下で屈託のない笑顔を浮かべていたかつての三人の姿があった。

(絶対に取り戻さなくては……)

そう自分に強く言い聞かせると、ジュスティーヌはゆっくりと目を開いた。

その双眸から迷いの色はすでに消えていた。

ж ж ж

その日のうちにジュスティーヌは女王への面会が許された。

(お母さまはこの国の誰よりも多くの公務を抱えているはずなのに、まさかこんなに早く会っていただけるなんて……)

意外に思うと同時に、ジュスティーヌはつい浮足立ってしまう。

子供の頃から、母は公務を何よりも優先して娘の要望は後回しにするのが常だった。

いつしか期待しなくなり、自分から会いたいと申し出ることもなくなった。

しかし、王家に生まれついたからにはそれが当然だと教えられてきたし、疑いもしなかった。グレンとセドリックに出会うまでは――

二人は外部と隔絶された城という狭い世界しか知らなかったジュスティーヌを外の世界へと誘った。

結果、ジュスティーヌは自分の母親がいかに他と違うかを思い知らされた。

そのときに受けた心の傷は、折に触れてフラッシュバックという形でよみがえっては、彼女を苛んできた。

(……少し落ち着かないと。必要以上に期待しないほうがいい。そう分かっているのにどうしても期待してしまう……立位式のときもそうだった……いい加減学ばなくては)

そう自分の胸に言い聞かせると、ジュスティーヌは意を決して女王の部屋の扉をノックした。

中からの返事を受けてドアを開き、部屋の中へと入っていく。

女王の部屋に入るのは初めてのことで緊張してしまう。

果たして、紫地の壁紙には鳥と蔦《つた》を複雑に組み合わせた瀟洒《しょうしゃ》な模様が等間隔に描かれていた。

天井からは素晴らしいカッティングを施されたクリスタルを惜しみなく使用された荘厳なシャンデリアがさげられており、精緻な細工が施されている家具が置かれている。

まさしく威厳に満ちた女王らしい部屋にジュスティーヌは圧倒され、しばしその場に立ち尽くして言葉を失っていた。

窓辺の揺り椅子に腰かけて、公務に関する資料と思《おぼ》しき書類に目を通していた女王に一瞥《いちべつ》されてようやく我に返る。

「——女王陛下、お忙しいところ、わざわざ私のために時間をつくっていただきありがとうございます」

「よいのですよ。思ったよりも早かったですね」

「え？」

思いもよらなかった言葉を女王から差し向けられ、ジュスティーヌは目を瞠る。

すると、女王は自嘲めいたほほえみを浮かべて独り言のように呟《つぶや》いた。

「いつかこんな日がくるだろうと覚悟はしていました」

その姿は今までに見たことがないほど脆《もろ》く儚《はかな》いものに感じられて、ジュスティーヌは思わず自分の目を疑ってしまう。

「あ、あの……私はまだ何も申し上げていませんのに……どういうことですか？」

ジュスティーヌの問いかけには答えず、女王は静かに目を閉じた。

部屋は物音を立てるのが躊躇《ためら》われるほど静まり返る。

しばらくの沈黙の後、女王はようやく重い口を開いた。

「ルイズから今回の争奪戦について話は聞いています。貴女《あなた》と最終候補者の二人は初対面ではなく実は旧知の仲だったと――それは本当ですか?」

「はい……」

「そうですか……」

申し訳なさそうにジュスティーヌが頷《うなず》いてみせると、女王は深いため息をついて物憂げに遠くを見やる。

「その話を聞いたとき、運命はなぜこうも残酷なのだろうと久々に呪いました。もうそんな感情すら枯れ果てたと思っていたのに。私と同じ過ちを犯させないためにも、貴女には特別な相手を作らせてはならないと、敢えて周囲に誰も近寄らせないようにしていたのですが、その甲《か》斐《い》もなく、しかも皮肉なことに彼らがあの二人の血を引いているなんて」

「――っ⁉」

女王の自分に対する態度にまさかそんな思惑が隠されているとは思いもよらず、ジュスティーヌは息を詰めて母の話に聞き入っていた。

(同じ過ちって……まさか……お母様も……グレンとセドリックのお父様と争奪戦の前からの仲だったっていうの⁉)

「まるで『いばら姫』のよう……魔女の呪いから娘を遠ざけるべく国中から糸つむぎを焼き捨

てて遠ざけてもなおも呪いを消すことはできない……」

　今にも崩れてしまいそうな脆い微笑《ほほえ》みを浮かべた女王は揺り椅子から立ち上がると、ゆっくりとした足取りでジュスティーヌの元まで歩み寄り、彼女の両手をそっと握りしてうなだれた。

「……貴女がどんなに辛い状況に置かれているか、私にはよく分かります。二人を誰よりも大切に思っているのでしょう？　どちらにも傷ついてほしくない。憎み合い戦ってほしくない。だからこそ私の元に足を運んだ。違いますか？」

「……仰《おつしや》るとおりです。昔、二人は親友でした。なのに、大人になり公爵の称号を継いだことによって昔のままではいられなくなったと、前回の争奪戦で二人のご両親は共に騙し討ちに遭ったと……その仇を託されているのだと言っていました……」

「やはりそうでしたか……」

　つらそうに眉根をよせる女王の手を強く握りしめ返すと、ジュスティーヌは自分の胸の内を訴える。

「でも、同時に騙し討ちに遭うなんてことが本当にありえるのでしょうか？　どちらかが嘘を言っているか、それともどちらも偽りを真実と思い込んでいるだけか、その謎が解けさえすれば、もしかしたら二人が憎み合い戦う理由はなくなるのではないかと思って」

「………」

女王はジュスティーヌの訴えに表情を曇らせる。

常に母親の顔色を窺《うかが》ってきたかつての自分であれば、きっと訴えを中断していたに違いない。

だが、それでもジュスティーヌはグレンとセドリックのことを思ってなおも決死の思いで食い下がる。

「きっとお母様にとっては……触れられたくない話だと思います。それでも、前回の争奪戦の真実について他に知る術はなくて……もちろん、話したくないことは無理に話していただこうとは思いません。ですから、どうか差しさわりのない範囲でお話してはいただけませんか？」

ジュスティーヌの鬼気迫る訴えに、女王はしばし無言のまま耳を傾けていた。

重い沈黙が場を支配して、時計の秒針が時を刻む音しかしない。

しばらくして、女王はジュスティーヌに力なく頷いてみせると、「いいでしょう。私に断る権利はありませんから――」と言った。

そして、青ざめきった表情で恐ろしい真実をついに打ち明ける。

「二人を騙し討ちにした犯人は……この私です」

「っ⁉」

想像だにしなかったことを告げられ、しばらくの間考えが追いつかず、ジュスティーヌは茫然自失となって立ち尽くしていた。

（……お母様が……犯人？　まさかそんなことが……）

「お二人のことを……大切に思っていらっしゃったんですよね？」

「ええ、誰よりも大切な存在でした。私たちは同じ学校に通っていて――私にとって彼らは初めてできた良き友人でした」

「……それなのに……どうして……」

「争奪戦における二人の決闘はそれは熾烈《しれつ》を極めたものでした。どちらかが命を落とすまで決闘をやめるつもりはないと……それを避けるために、たとえ私がどちらかを選んだとしても結果は同じこと。私が選ばなかったほうが自死を遂げる。彼らからそう告げられていたのです」

「…………」

　かつて母親が置かれたあまりにも凄絶な状況に、ジュスティーヌは言葉を失う。

「必ずどちらかを失わなければならないなんて……私には耐えられませんでした。絶対にどちらも失いたくなかった……」

　そのときの恐怖を思い出したのだろう。ジュスティーヌが握りしめた女王の両手が小刻みに震え出した。

　その震えからかつて窮地に立たされた折の母の思いが切々と伝わってくるかのように思えてならず、ジュスティーヌは涙ぐむ。

「――だから、私はどちらも選ばないと決めたのです。相打ちとなり争奪戦の続行が不可能と見なされれば、例え二人を傷つけても命だけは救うことができる」

それは肉を切らせて骨を断つあまりにも危険な選択肢だった。

断腸の思いで苦渋の選択をせざるを得なかった女王の胸中を思うだけでジュスティーヌの胸は鋭く痛む。

「決闘を控えた彼らに遅行性の毒を盛ったのです。毒が回りきる前に解毒剤を飲ませれば死なせずに済む。その狙い通り、二人は決闘で重傷を負いました……しかし、まさかそれが彼らの名誉と友情に取り返しのつかない傷までも残してしまうなんて……」

女王は顔を覆うと、ついにその場に崩れ落ちてしまった。

ジュスティーヌは身を屈《かが》めると、黙ったまま震える彼女の背中を撫でる。

「……結局、二人を傷つけても命さえ救えばいいというのは、私の自己満足に過ぎなかったのです。浅はかだった自分を何度責めたことか……命はとりとめても心が死んでしまえば……同じことだというのに……」

過ちを嘆く母親にかける言葉が見つからない。

(大切に思う人たちをどうにかして守りたくて……追い詰められて取らざるを得なかった罠《わな》は……想像以上に大切な人たちを傷つけてしまったなんて……)

今までどんな思いでその恐ろしい罪をたった一人で背負い続けていたのだろう。

もしも、自分が女王と同じ立場だったならと想像するだけで胸が詰まる。

きっと正気ではいられないに違いない。

にもかかわらず、悲しみと罪を心の奥底に押し隠したまま誰にも弱みを見せずに、女王として国を支えてきたのだ。

「本当は、この罪は墓場にまで持っていくつもりでした……もうこれ以上、誰も傷つけたくなかったのです。ですが、その一方で、貴女のお父様、前国王が病気で亡くなった際に、もしも貴女が前回の争奪戦の真相を必要としたときには、全て包み隠さず明かすと決めてもいました」

その秘密こそが互いを遠ざけていた一番の理由だったのだと悟ると同時に、ジュスティーヌの頬を涙が伝わり落ちていく。

「……お母様……そんなにも私のことを考えていてくださっていたなんて」

「当たり前でしょう。貴女は私の娘なのですから――」

母の言葉にジュスティーヌは胸がいっぱいになる。

女王は彼女の目をまっすぐ見つめると、一言一言を噛《か》みしめるように告げた。

「ジュシー、どうか約束してください。私と同じ過ちだけは繰り返さないと――」

「……はい。お母様の教えをけして無駄にはしません」

ジュスティーヌがしっかりと頷いてみせると、女王の思いつめた表情が少しだけ和らいだ。

母娘を遠ざける理由はなくなった。

二人はそれ以上は何も言わずに固く抱きしめ合う。

（お母様のためにも、マディアス家とノイス家の誤解を解かなくては。グレンとセドリックを説得できれば、きっと二人のお父様にも伝わるはずだもの）

ジュスティーヌの夢は、もはや彼女だけのものではなくなっていた。

そして、そのことが、よりいっそう彼女の覚悟を確固たるものへと後押ししていた。

ж　ж　ж

（前回の争奪戦の真実を打ち明けて、両家の確執は誤解だって説明すれば……二人ならきっと分かってくれるはず）

ジュスティーヌは緊張の面持ちで自室のサンルームのテーブルセッティングをルイズに任せることなく自らの手でおこなっていた。

女王から教えてもらった真実を明かすべく、セドリックとグレンをプライベートのお茶会に招待したのだ。

テーブルにはウィスタリアを思わせる淡いラベンダーカラーのクロスを敷き、テーブルの中央に置いた三段のケーキスタンドを取り囲むようにウィスタリアの花房でデコレートしてみた。

二人がどうかかつての約束を思い出してくれますように——そんな切なる願いを込めてのナプキンやカトラリーなどを一つひとつ丁寧にセッティングしていく。

「これでよし、と——」

納得いく出来に仕上げることができて、ジュスティーヌは満足そうに頷いた。

後は、ルイズに頼んでおいたお菓子とお茶の到着を待つだけ。

時計を見れば、三時のお茶会まであと一時間はある。

「……ちょっと張り切りすぎたかしら。もう少しのんびり準備してもよかったのに」

肩の力が入りすぎているのかもしれないが、それも無理はない。

今後の争奪戦の行方は、一重にこのお茶会の成功にかかっているのだから。

(代々続いてきた争奪戦を一人で変えていくのは無理な話かもしれないけれど、三人力を合わせれば、きっと何か良い方法が見つかるはず……)

かつての約束を守れるように。

また昔のような関係に戻れるように。

ジュスティーヌは緊張の面持ちでこのお茶会の成功を心の底から祈る。

と、そのときだった。

不意にドアがノックされる。

(ルイズかしら?)

「はい、どうぞ」

ドアが開き、姿を見せたのは、ルイズではなくセドリックだった。

「セドリック? 随分と早いのね。お茶会は三時からだけど……もしかして私、招待状に時間を間違えて書いてた?」

「いいえ、お茶会の前に——貴女を攫《さら》いに来たのです」

「っ⁉」

開口一番、聞き捨てならない言葉を差し向けられ、ジュスティーヌは耳を疑う。

「ど、どういうこと⁉ 攫うって……」

「その前にまずは私の質問に答えてください。このお茶会で貴女は一体何を企《たくら》んでいるのですか?」

「っ⁉ 何も企んでなんて……」

「私が気づいていないとでも？　あの夜以来、ロイに命じて貴女の動きを見張らせていたのですよ」

「……っ」

あの夜、それが何を意味するかは言葉にせずもがな。

初めての決闘の夜、グレンの怪我《けが》を心配するあまり人目を盗んで彼の部屋を訪れたときのことに違いない。

（そんな前からずっと⁉　まったく気が付かなかった……）

恐ろしいことを淡々とした口調で告げてくるセドリックのサファイアの瞳は暗く淀《よど》んでいて——その奥に底知れない闇を垣間見たような錯覚を覚え、ジュスティーヌはぞくりとする。

異様な圧をセドリックから感じて、無意識のうちに後ずさる。

「図書室でずっと何か調べものをしていたようですね。女王陛下と面談もしたとの報告を受けています」

「ちょっと……待って。セドリック？　どうしてそこまで……」

「そこで何を話したかは知りませんが——万が一、貴女がこの争奪戦を終わらせるつもりであれば、私はそれを見過ごすわけにはいきません」

「っ⁉」

彼の鋭い指摘に、ジュスティーヌは息を呑《の》む。

サファイアの双眸《そうぼう》の奥をじっと見つめて彼の本意を探ろうとするも、そこからはどんな思惑も見てとれない。

「なぜ……セドリックはそこまでこの争奪戦に固執するの？　グレンは、例え家の確執があったとしてもセドリックのことをまだ……」

「だからこそ、です」

ジュスティーヌの言葉をセドリックが遮った。

「グレンのことを誰よりも知るのは私です。彼の思惑に気づいていないとでも思っていましたか？」

「……それ、は……その……」

「彼はどこまでもまっすぐで、あまりにも人に優しすぎる。いつか身を滅ぼしかねない。私は常々そう危惧していました」

苦々しい口調で言うと、セドリックはため息交じりに呟いた。

「あいにく私には面倒な弟たちがいるのです。父の影響を私よりも色濃く受けた彼らは、誰よりもグレンを憎み復讐《ふくしゅう》の機会を狙っているのです。私の顔を立てて今はおとなしくしていますが——いつまでもこのままではいられない。現に今までに何度も彼は危険な目に遭っているはず。気が付いていないのは本人だけで」

「…………」

セドリックの口から明かされた新たな事実にジュスティーヌは言葉を失って、その場に固まってしまう。

「も、もしかして……セドリックはグレンを護《まも》ってくれていたの？」

「ただ単に危なっかしくて放っておけなかっただけです」

「っ!?　そう……本当に……そうよね」

胸がいっぱいになり、ジュスティーヌは涙ぐみながら胸を押さえた。

（セドリックも……グレンも……本当は誰よりも互いを思いやっていたんだわ。昔と変わらず……ううん、むしろ昔より強く……）

愛と憎しみは紙一重。

ジュスティーヌは今更ながらにその言葉の意味をひしひしと思い知らされていた。

互いに憎み合っているようにしか見えなかった二人が、本当は誰よりも互いのことを想《おも》っていたなんて――

感極まるあまり、まったく言葉が出てこない。

だが、そんな彼女にセドリックが冷や水を浴びせかけた。

「ですが、それとこれとは話が別です。確かに私にとって貴女とセドリックは共にかけがえのない存在です――だからこそ他に渡すつもりはない。私なりの方法で守ると心に決めています」

意味深な言葉には、あからさまにどこか油断できない響きがあった。

「いいえ、だからもうその必要はないの。それを二人に説明したくて……分かってもらいたくてこのお茶会をセッティングしたの」

「憎み合う必要がない？　とてもそのようには思えませんが」

「今はそう思えなくても、私の話を聞いてもらえれば納得してもらえるはずだから。あと一時間、どうかグレンが来るまで待っててちょうだい」

ジュスティーヌの必死の訴えも、セドリックの耳には届いていないようだった。

危うい微笑みを浮かべると、彼女の頬を愛おしげに撫でながら歌うような抑揚をつけて囁く。

「その必要はありません。私はグレンを待つつもりも貴女の説明に耳を傾けるつもりもない。ジュシー、貴女は私に護られてさえいればいいのです」

「護られているだけだなんて嫌よ。だって、自分の頭で考えるべきだって、そう教えてくれたのはセドリックじゃない……それなのに……あんまりだわ……」

「まったく……聞き分けのない。いかなる説明を受けようとも、私も彼も貴女に関してだけはけして譲るつもりはない。貴女はそのことを忘れてはいませんか？」

「……っ」

鋭い指摘にジュスティーヌは虚を突かれて言葉を失う。

マディアス家とノイス家の確執――前回の争奪戦の真実を明かせば、二人が憎み合う理由はなくなるものだとばかり思っていた。

否、そう信じたかった。

だが、そうではないとセドリックに告げられ、目の前が真っ暗になる。

「愛と憎しみは表裏一体。私は彼のことを何よりも大切な親友《とも》と思う一方で何よりも憎い恋敵であるとも思っています」

心のどこかで二人の憎しみは偽りのものだと信じたかった。

だからこそ、その可能性にすがって肝心なことを見落としていた。

二人の憎しみは紛れもなく本物で、その原因が自分にあると認めたくなかった。

しかし、セドリックはジュスティーヌを逃さず、さらに追い詰めていく。

「貴女が思う以上に我々の関係は複雑なのですよ。貴女を彼に奪い返された時、私がどれだけ彼を憎んだか、想像もつかないでしょう。彼もまた同じ思いをしたのでしょうが」

「…………」

返す言葉もなく、ジュスティーヌは力なくうなだれた。

「これで分かりましたか？　いかに貴女がかつての子供時代のように再び三人一緒に友情を育みたいと願ったとしても、それはもう二度と叶《かな》わない夢だと――」

必死の思いでようやく手にした希望の芽を情け容赦なく摘み取られ、絶望の奈落へと突き落とされる。

（……二人が本気で憎み合っているのは……私のせい。私がいる限り彼らが昔のように手を取り合うことは二度とないの？　どれだけ願っても……）

残酷な現実がのしかかってきて、押しつぶされそうになる。

気が付けば、茫然自失となったジュスティーヌの頬を一筋の涙が伝わり落ちていた。

その涙をセドリックはキスで優しく拭う。

辛辣な言葉で希望を粉々に打ち砕いておきながら、こんな風に優しくされると、どちらの彼が本当なのか分からずジュスティーヌは激しく混乱する。

「今は辛いでしょうが、叶わぬ夢を信じた末に裏切られるよりもよかった。いずれそう分かるときがきます」

「…………」

子供を窘《たしな》めるような口調で諭され頭を撫でられる。

「これ以上、私に彼を憎ませたくないのならば、貴女は私に独占されるほかない。いいですね？」

穏やかな声色に嗜虐心を垣間見せながら、セドリックは胸元から何かを取り出すと、ジュスティーヌの首へとつけた。

それは――革製の首輪だった。

カチリと鍵をかけられる音を耳にした瞬間、ジュスティーヌの心臓は妖しく昂《たか》ぶり、ぎしりと軋《きし》む。

（首輪なんて……どうして？）

危険な予感がよりいっそう濃さを増していき、得体の知れない不安が募る。

「もう二度とグレンに貴女を譲るつもりはない。争奪戦においては何よりも貴女の意志が最優先される。ならば、貴女の心を力ずくでも私だけのものにしてしまえばいい」

「っ⁉　セドリック……何を言って……」

歪《いびつ》な微笑みを浮かべたセドリックは、慄《おのの》くジュスティーヌの耳元へと囁《ささや》いた。

「むしろ最初からこうしておけばよかった。私の本性が貴女を怖がらせてしまうかもしれない。そう思って躊躇していたのですが――ようやく覚悟が決まりました。グレンのことだから私の怪我を慮《おもんぱか》って、彼のほうからは決闘を申し込んでこないはず。おかげで貴女を私の城に迎えるための準備を心置きなく整えることができました」

セドリックの双眸に狂気の色を認め、ジュスティーヌは青ざめる。

（逃げなく、ては……正気じゃない……何を言っても今の彼には届かない……）

全身がガタガタと大げさなほど震え始め、膝もわなないてしまう。

本能が全身全霊で彼から今すぐ逃げるべきだ。そう訴えかけていた。

だが、時すでに遅し――恐ろしい光を宿したセドリックの双眸に捕らわれてしまったジュスティーヌは、もはや自分の意志で指一本たりとて動かせなくなっていた。

セドリックはアスコットタイを外すと、それで彼女に猿ぐつわを噛《か》ませた。

そして、切なげに目を細めると、恭しく彼女の手の甲へと口づけ、歪《ゆが》んだ愛の言葉を囁いたのだった。

「例え、貴女を怖がらせてしまったとしても憎まれたとしても、もはや後戻りするつもりはありません。貴女がもう二度と私以外のことを考えられないように、私の全てを賭けて愛し抜くと決めましたから――」

一分《いちぶ》の迷いもない情熱的な愛の言葉。

しかし、その裏側に秘められた怖いほどの狂気をセドリックはもはや隠すつもりもないようだった。

セドリックはジュスティーヌを横抱きにすると、まるで勝手知った部屋のように迷うことなく寝室へと向かい壁の一部を押した。

壁が音もなくスライドし、いざというときのための隠し通路が現れる。

それはルイズすら知らされていない秘密の通路だった。

なぜ彼が知っているのだろう？

愕然《がくぜん》とするジュスティーヌにセドリックは目を細めて口端を歪めてみせる。

（ああ……セドリックには……誰も抗《あらが》えない……）

もはや自分にはどうすることもできない。

抵抗する気力を折られたジュスティーヌは、観念したように目を閉じてがくりとうなだれた。

あまりにも無力な自分を呪いながら——

ж　ж　ж

窓一つない隠し部屋には、鳥かごを模したベッドがただ一つ置かれている。

それは牢獄《ろうごく》のようにも見え、実際その役割をも果たしていた。

鳥かごの中に入るための鉄格子の扉には鍵がかけられており、その鍵を持つのはセドリックただ一人だけ。

「ジュシー、この部屋は貴女のためだけに作らせたものです。気に入ってもらえるとよいのですが」

特注と思しき鳥かごのベッドには、首輪をつけられ、さるぐつわを噛まされたジュスティーヌが手枷《てかせ》と足枷《あしかせ》でつながれている。

ジュスティーヌは、丸いベッドを等間隔に取り囲む格子に、両手を上にあげ片足のみ吊《つ》るされるという恥ずべき体勢で磔《はりつけ》にされていた。

「囚《とら》われの姫君――実に絵になりますね」

セドリックは陶然としたまなざしをジュスティーヌの身体の端々に差し向けながら、細い鎖を手で弄んでいた。まるで、仕留めた獲物をどのようにいたぶろうかと楽しんでいるかのように。

「さあ、どう虐《いじ》めてあげましょうか?」

歪んだ微笑みを浮かべると、セドリックはジュスティーヌの唇をつっと指でなぞり、傍らに置いた責め具へと流し目をくれる。

「――っ⁉」

鞭《むち》に蠟燭《ろうそく》にどんな風に使用するか想像もつかない形をした器具を目にしたジュスティーヌは慄く。

その表情がセドリックの狩猟本能を刺激する。

「ここならば誰の邪魔も入りませんから、じっくりと可愛がってあげましょう」

そう言うと、ジュスティーヌのドレスの胸元を引き下げ、まろび出てきた乳房を鎖でがんじがらめにしていく。

「う……っく……」

白い柔肉に細い鎖が食い込んで、歪な形に押し出され、淫靡《いんび》な雰囲気がことさらに強調される。

目元に朱を散らばらせたジュスティーヌは目を泳がせながらも、気丈な表情で恥辱に耐える。

セドリックはわざと辱めを与えてなぶるつもりなのだ。

それが分かっているからこそ、思い通りになってたまるかという気になる。

だが、彼にとってはそんな彼女の負けん気すら雄の本能を刺激する引き金となる。

「いい表情をしていますね。それでこそ屈服させ甲斐《がい》があるというもの」

熱い息をつくと、セドリックは鎖の縛《いまし》めにゆがんだ乳房の先端へと恭しく口づけた。

「ンっ⁉」

異様な空気の中、いつも以上に研ぎ澄まされた感覚に淫らな愉悦が走りぬける。キスされただけだというのに、早くも乳首はツンと隆起してしまう。こんな辱めを受けて感じてなるものかという思いとは裏腹に。

「——やはり、いつもよりもかなり敏感になっていますね。こんな風に愛されるのも悪くないものです。むしろ、貴女みたいな女性は一度知ってしまえばやみつきになってしまうはずです」

(こんな淫らな部屋に閉じ込めて。自由すら奪われて。そんなことありえない……)

侮辱されたような気がして、ジュスティーヌはセドリックをきつく睨《にら》む。

セドリックはそんな彼女のまなざしを真っ向から受け止めながら、淡いピンク色のしこりを甘噛みしていく。

「ンン……っく……っう、ううう……」

さるぐつわをかまされたジュスティーヌの口からくぐもった甘い声が洩れる。

(ああ、嘘《うそ》よ……こんなのって……)

セドリックに告げられたとおり、ほんのわずかな刺激にも身体が敏感に応じてしまう自分に愕然とする。

意に沿わない愛撫《あいぶ》のはずなのに、どういうわけか下腹部の奥が妖しいまでに疼《うず》き、恥ずかしい蜜がじわりとにじみ出てきてしまう。

感じまいとすればするほど、逆に余計感じてしまう矛盾に苛《さいな》まれる。

しかも、片足を吊られているため、剥《む》き出《だ》しにされたショーツの沁《し》みはごまかしようがない。

セドリックはジュスティーヌの乳房をやわやわと揉《も》みしだきながら、左右の乳首を交互につまんでいく。

いばんでいく。

舌を小刻みに動かしてしこりを弾いたかと思えば、甘く吸いたて——ふくらみへと舌を這《は》わせて唾液の痕を残していく。まるで彼女に見せつけるかのように。

「うっ……っく、ぅ……はぁはぁ……あ、あぁ……」

二つの丘に塗り広げられた唾液が鈍い光を放つ様はあまりにもいやらしくて、ジュスティーヌを恥じ入らせる。

その一方で、昂ぶりきった身体は小刻みに震え、これ以上蜜をしみこませる余地がなくなったショーツからは愛蜜が滴り落ちるまでになっていた。

「ああ、もうこんなにも恥ずかしい涎《よだれ》を垂らして——いけない子ですね。我慢できなくなってきましたか？」

セドリックに揶揄《やゆ》され、ジュスティーヌは顔をくしゃくしゃにすると勢いよく首を左右に振って抗議する。

「身体は嘘をつけませんよ。直接尋ねてみましょうか？」

笑いを噛《か》み殺《ころ》すと、セドリックは濡《ぬ》れたショーツを片側へとずらした。

刹那、興奮にわななく割れ目から愛液が糸を引いてベッドのシーツへと落ちていく。

（い、いやっ！　だ、駄目っ！）

あまりもの恥辱に羞恥の針が限界を振り切るや否や、さらに大量の蜜が震える花弁から絞り出された。

甘酸っぱいいやらしい香りが鼻をつき、ジュスティーヌは苦悶《くもん》の表情でうなだれる。

「軽く達したようですね」

セドリックはそう言うと、中指と人差し指をそろえた状態でひっきりなしに蜜を滴らせる秘所へと突き立てる。

「っ⁉　ンンンンンッ！」

達したばかりだというのに、さらなる追い打ちをかけられ、ジュスティーヌは大きく目を見開くと甲高い嬌声《きょうせい》をあげながら絶頂を迎えてしまう。

膣壁はセドリックの指を一度強く締め付けたかと思うと、貪欲なうねりをみせる。

「やはり、貴女の身体は私を欲しがっているようですが？」

セドリックは手首を捻《ひね》るようにして、二本の指で膣を掻《か》き回し、ぐちゅぐちゅという淫らな音をジュスティーヌへと聞かせた。

「……っ⁉　うぅ、ううう……っむうぅ……」

耳を塞ぎたくても、手枷《かせ》に自由を奪われているため抵抗できない。

彼の魔手から逃れようと身を左右に捩《よじ》るも、腰が悩まし気に揺れるだけで、指を追い出すどころかかえって指責めを促すことになってしまう。

「ああ、いやらしく吸い付いてくる……もっと太いものをねだっているとしか考えられません」

セドリックは指を三本に増やすと、膣壁を力任せに穿ち始めた。

「んくっ⁉　ンンンッ！　ん、んんんぅううっ！」

ジュスティーヌは頭を振りたてながら、自由にならない身体を波打たせて身悶《みもだ》える。

奥深くを抉《えぐ》られるたびに、全身に悦楽のさざ波が走り、子宮が熱を帯びていく。

愉悦の弓の弦が引き絞られていき、やがて頂上がすぐそこにまで迫る。

（あああっ！　だ、駄目っ！　も、もう……）

雄々しい指責めにイかされてしまいそうになる。

だが、その寸前で、セドリックは秘所から指を引き抜いてしまった。

（あ……）

肩透かしをくらったジュスティーヌは、つい恨みがましい目で彼を見てしまう。

「そう簡単にイかせてはあげませんよ。それでは調教になりませんから――」

セドリックは、挑むような目をして濡れた指を彼女の目の前で舐《な》めてみせた。

ジュスティーヌはたまらず顔を背け、きつく目を瞑《つぶ》る。

（……ずる、い）

目を閉じている間、セドリックがマントを外し、衣服を脱いでいる様子が伝わってきてジュスティーヌの心臓はせわしない鼓動を打ち始める。

ややあって、おずおずとジュスティーヌは目を開く。

その目に飛び込んできたのは、一糸まとわぬセドリックの姿だった。

服の上からでは分からない鍛えぬかれた身体に、隆々と天を衝《つ》く半身を目にするや、ジュスティーヌは無意識のうちに熱い吐息をついてしまう。

（惹《ひ》かれてはいけないのに……どうしようもなく惹かれてしまう……危険だって分かっているのに……それでも抗えない……）

いっそ身も心もセドリックに委《ゆだ》ねてしまえばどんなにか楽か。

だが、グレンを裏切るわけにはいかない。

（セドリックも……グレンも……私にとってはかけがえのない人なのに……）

グレンに抱かれるときにはセドリックに申し訳なく思い、セドリックに抱かれるときにはやはり同様にグレンに申し訳なく思う。

二人の愛《いと》しい幼馴染の板挟みになることが、これほどまでに苦しいこととは思いもよらなかった。

（こんなことになるなら……大人になんてなりたくなかった……ずっと子供のままでいられたらよかったのに……）

「ジュシー、もう苦しむのはやめにしませんか？　グレンのことは忘れて私を選べばいいだけのこと。それですべての問題は解決するのです」

不意に優しく諭され、思わずジュスティーヌは頷いてしまいそうになる。

しかし、やはりどうしてもグレンを裏切ろうとは思えない。

頑《かたく》なに首を縦に振ろうとしないジュスティーヌを一瞥すると、セドリックは不快感も露《あら》わに目を眇《すが》め、濡れそぼつ割れ目へと猛《たけ》った半身をあてがった。

そして、じりじりとその太くて固い肉杭を膣内へとめり込ませていく。

「っ⁉　ンン！　ン、ン、ンンンンぅッ！」

肉棒に秘所を押し拡《ひろ》げられていく感覚に身震いしながら、ジュスティーヌはくぐもった呻《うめ》き声を洩《も》らした。

「忘れられないというならば忘れさせるまでのこと」

恐ろしい声色で囁くと、セドリックは凄絶な微笑みを浮かべて、余裕に満ちたねっとりとした腰つきでジュスティーヌを焦らしながら責め始めた。

「っン！　んぅ……ふ、っく……んぅ、んん……ぁあぁ……」

激しく奥を穿《うが》たれるのとはまた異なった妖しい快感は、まるで遅効性の毒のようにジュスティーヌを蝕《むしば》んでいく。

（あぁあ……苦し……い……）

エクスタシーの高波がすぐそこにまで迫り来たと思いきや、あと少しというところで引き潮のように引いていく。

セドリックはストイックなまでに自身の欲望を制御し、緩急をつけた律動でジュスティーヌを焦らしながら責め続ける。

（ひど……い。こんな意地悪な責め……）

巧みな愛撫で雌の本能を剥き出しにしておきながら、理性を手放すことを赦《ゆる》さない。

いっそくるえたほうがどんなにか楽かしれない。

ジュスティーヌは切なげに眉根を寄せると、すがるような目でセドリックを見つめて許しを請う。

しかし、セドリックは薄い笑みを浮かべたまま、冷徹にその要求を却下した。

「言ったはずです。そう簡単にイかせてはあげないと――これは聞き分けのない子への罰ですから」

乳首をつねりながら、ゆるゆるとした腰の突き上げをけして止めはしない。

一突きごとに微妙に角度を変え、時に腰を大きく回して蜜壺を掻き回す。

「っん、っはぁはぁ、んくぅうっ！　んんんんっ！」

幾度となく、ジュスティーヌは浅く達してしまう。

だが、けして深い絶頂にはいつまで経《た》っても到達できない。

それはまさに果てることのない生き地獄にも等しい責めだった。

もっと奥を激しくがむしゃらに突いてくるわせてほしい。

いつしかジュスティーヌはそんな淫らな渇望に支配されてしまう。

さるぐつわをかまされていなければ、きっとこの恥ずべき渇望を口に出してしまったに違いない。

まさか、自由を奪われてよかったと思う瞬間が訪れるなんて。思いもよらなかった。

（……怖い……このままじゃ……どうなってしまうか分からない……）

嗜虐を好む本性を剥き出しにしたセドリックに戦々恐々とする。

だが、その一方で、身体の奥深くで被虐心《ひぎゃくしん》が妖しく疼《うず》いているのを意識せずにもいられない。

セドリックの執拗《しつよう》な責めに苛まれながら――囚われのジュスティーヌは未知なる底なしの奈落へと堕《お》ちていくほかなかった。

第五章

この秘密の部屋の檻《おり》に閉じ込められて一体どれだけの時間が経ったのだろう。

部屋には窓がないため、今が昼か夜かすら分からない。

外の世界と隔絶された鳥かごにおいては、セドリックと過ごす濃厚かつ淫靡な時間が全てだった。

セドリックは、領主としての仕事の合間に足しげくこの秘密の部屋へと訪れては、ジュスティーヌに歪んだ愛を一心に注いでいた。

全身のいたるところに淫らな痕が刻み込まれ、糸を切られたマリオネットのようにぐったりとうなだれきった彼女の周囲にはさまざまな責め具が無造作に置かれている。

責め具を巧みに操り、セドリックはジュスティーヌに日に何度もみだらな調教を施していった。

今もドレスの下には下着をつけることを許されず、秘所には拡張用の卑猥《ひわい》な張り型が挿入《い》れられたままになっている。

「………」

ジュスティーヌの目は生気を失い、摩耗したガラス玉のように色あせていた。

精巧なつくりの蠟人形《ろうにんぎょう》と間違われてもおかしくはない。

最初の内は必死に抵抗していたが、執拗なまでに淫らな調教を受け続けてきた結果、もはやほぼセドリックにされるがままになっていた。

（……グレンは……今頃どうしているかしら……）

黄金の髪と瞳を持つ幼馴染のことを思い出すと、胸の奥がぎゅっと締め付けられ、朦朧《もうろう》とした意識が現実へと引き戻される。

それが引き金となって、次期女王争奪戦のこと、涙ながらに罪を打ち明けてくれた女王の姿などがフラッシュバックし、かろうじて今自分が置かれた状況を思い出すことができる。

グレンはジュスティーヌを現実へと引き留めるたった一つの要だった。

彼への罪悪感が、ジュスティーヌを深い酩酊《めいてい》の奈落から引きずりだしてくれる。

（……なんとかして……ここから逃げ出さないと……グレンに真実を伝えないと……）

重い頭をゆっくりと左右に振ると、今、自分がなすべきことについて考えを廻《めぐ》らそうとする。

しかし、昼夜を問わない激しい調教のせいでもどかしいほど思考が鈍り、まともに頭が働かない。

と、そのとき――不意にカタンという物音がして、ジュスティーヌはびくっと大げさなほど反応してしまう。

咄嗟《とっさ》に隠し扉のほうを見やる。

心臓がどくんっと高鳴り、胸が妖しく掻《か》き乱《みだ》される。

身体の芯が熱く火照り、熱い溜息《ためいき》すらついてしまう。

それはもはや条件反射のようなものだった。

この部屋を訪れるのはセドリックか、ジュスティーヌの身の回りの世話を命じられている彼の執事のどちらか。

そして、圧倒的にセドリックのほうが訪れる回数が多い。

（ああ……またいやらしく虐《いじ》められてしまう……）

彼の調教を恐れているはずなのに、心身は昂ぶり下腹部の奥は甘く疼く。

その裏腹な反応がジュスティーヌを苛《さいな》む。

（……どうして……こんなに胸がドキドキしてしまうの⁉　辱めを受けるのに……）

自身を責めるも、秘所は危険な予感に淫らにうねり、卑猥な形をした張り型を絞り立てて外へと追い出してしまう。

「……ジュシー、いるのか？」

「っ⁉」

（グレンの声⁉　そんな……まさか……）

とうとう幻聴まで聞こえだしたのかと危ぶむも、暗がりの中から姿を見せたのは、紛れもなくグレンだった。

「グレ……ン？」

「ジュシー！　大丈夫か⁉　なんだこの檻は……」

ジュスティーヌの声を耳にするや否や、グレンは彼女の元へと走り寄り、檻の鉄格子越しに力いっぱい抱きしめた。

「……本当に……グレンなの？」

「ああ、ようやく見つけた！　待たせて悪かった。別の城に幽閉されているという情報に振り回されて遅れた……そちらは罠だった。ったく、あの策士め」

「どうしてここへ……」

「助けにきたに決まっているだろう？　どうせこんなことだろうとは思っていたが……さすがにここまでとは……」

改めてジュスティーヌを取り巻く状況を確認すると、グレンは顔を曇らせた。

だが、すぐに気を取り直すと、彼女の目を見て言った。

「まあいい――詳しい話は後だ。セドリックが戻ってこないうちにここから逃げるぞ」

「誰が戻ってこないうちにですか？」

「っ⁉」

突如、セドリックの冷ややかな言葉を耳にした瞬間、グレンは剣を鞘《さや》から引き抜きざま怒号と共に背後を切りつけた。

鋭い剣戟《けんげき》の音が部屋に響き渡る。

見れば、グレンの剣をセドリックがレイピアの鞘で受け止めていた。

「セドリックッ！　よくもこんな紳士にあるまじき卑劣な真似《まね》をっ！　公爵の称号が聞いて呆れる。見損なったぞ！」

「卑劣？　随分な言われようですね。心外な」

「とぼけるなっ！　ジュシーをこんな檻に閉じ込めて――何をしたっ！」

「閉じ込めてなどいません」

セドリックは淡々とした口調で告げると、ジュスティーヌへと流し目をくれて言葉を続けた。

「ジュシー、檻から出てきなさい」

「っ⁉」

思わぬ命令に耳を疑うも、ジュスティーヌは反射的に彼に従ってしまう。

「は、はい……」

(手枷は鎖で檻につながれているし……檻の出口には鍵がかかっているはず……なのに一体なぜそんな命令を?)

疑問に思いながらもよろめく足に力を込めて、恐るおそる出口に向かう。

(……え?)

枷の鎖はジュスティーヌの動きに素直に従っていた。檻の鉄格子にはつなげられていなかった。

(まさか……そんな……)

ジュスティーヌは驚きを隠せない。

檻の出口にも鍵はかけられておらず、軋んだ音をたてて扉は開いた。

セドリックはグレンに流し目をくれると種明かしをした。

「これで分かったでしょう。自由を奪ったのはあくまでも調教のときのみ。枷は鎖につないですらいなかったし、扉に鍵もかけていなかった。その気になれば、いつでも外に出られる状態だった。なのに、ジュシーはそうしなかった。自らの意志で」

「——くっ⁉」

グレンは歯噛《はが》みするも、長剣を斜めに構え直す。

「ジュシーにそうさせるように仕向けたんだろう！」

「否定はしませんが、ジュシーも私の調教をとても気に入っていましたよ。反応で分かりますから。誓っていい。無理強いはしていないはず。そうですよね？　ジュシー」

「あ……あぁ……」

否定したいのに、肝心の言葉が喉の奥に詰まって出てこない。

ジュスティーヌは苦悶の表情を浮かべてうなだれる。

その様子を目にしたグレンは怒りも露わに猛然とセドリックに斬りかかった。

「こんな策を弄してまでも、ジュシーを独占したいかっ！」

振りかぶった長剣を気合もろとも斜めに振り降ろす。

先の一撃を受け止めていたレイピアの鞘が真っ二つになり、セドリックは用を成さなくなったそれを投げ捨てると、不敵な笑みを浮かべてレイピアで素早い突きをグレンの心臓に向かって続けざまに繰り出す。

「――ええ、手段は選びません」

「これ以上、ジュシーに指一本触れさせるかっ！」

「やれるものならばやってみなさい」

グレンはセドリックの突きをかわしざまに長剣を真横に一閃《いっせん》させた。

しかし、その一撃は蒼《あお》のマントを切り裂いただけだった。

「セドリック、もはやこれ以上、戦いを長引かせるつもりはない！　この場で決着をつける！」

「望むところです」

武器を構え、凄《すさ》まじい殺気を隠そうともせず対峙《たいじ》する二人。

異様なまでの緊張が場に張りつめ、ジュスティーヌは苦しげに胸を押さえた。

（二人とも……どちらかが死ぬまで戦うつもりなんだわ……）

セドリックとグレンの双眸には決死の覚悟が見てとれる。

それに気が付くや否や、ジュスティーヌは残る全ての力を振り絞って、なりふり構わず無我夢中で飛び出していた。

一切の音が消え去り、無音の中、ジュスティーヌの目には全てがコマ送りのようにゆっくりと見える。

調教の幕間《まくあい》に、朦朧としながらも、ずっと自分が採るべき道を探していた。

そして辿《たど》り着《つ》いた結論を試みることができる機会は恐らくただ一度だけ――

それが今だと直感が訴えかけていた。

極限に研ぎ澄まされた感覚がジュスティーヌに道を示す。

ジュスティーヌは迷うことなくセドリックめがけて体当たりをすると、いつも彼が護身用に身に着けている短剣の鞘を掴《つか》んで引き抜いた。

その刃を自らの喉元につきつけると、驚きに目を瞠《みは》る二人を毅然《きぜん》と見据える。

「二人とも、剣を下ろしなさいっ！」

鋭い声を振り絞り、短剣の刃を喉に押し当てる。

白い喉元に薄く赤い線がはしるのを目にしたグレンとセドリックは気色ばむ。

「ジュシー！　やめろっ！」

「っ⁉　何を馬鹿なことを――いい子だから返しなさい」

「もうこれ以上二人が戦うのを見たくないの。それでもどうしても決着をつけなければ気が済まないというならば私が死ねばいいだけのこと。そうすれば傷つけあう二人を見なくて済むでしょう？」

「……っく」

ジュスティーヌは目を細めると、凄絶な微笑《ほほえ》みを浮かべてみせた。

「ジュシー、くれぐれも早まった真似はしないように。落ち着いてください」

グレンが剣を捨てると、セドリックもレイピアを捨てた。

そして、今にも喉元を切り裂いてしまいそうな極限状態にあるジュスティーヌを諭《さと》しにかかる。

思い詰めた目をしたジュスティーヌは、全身を小刻みに震わせながら、両目に涙を浮かべて切々と胸の内を二人へと訴えかけた。

「……グレン……セドリック、もうおしまいにしましょう……」

グレンとセドリックは不穏な言葉に眉をひそめるも、黙ったままジュスティーヌの言葉に耳を傾ける。

「ずっと考えていたの。どうすれば昔のように三人一緒にいられるかって……子供の頃にかわした約束を守れるかって……」

「まだそんなことを言っているのですか⁉」

「……ええ、だって……どうしても譲れない願いだから……ずっと……ずっと大切にしていた夢だったから……」

ジュスティーヌは夢見るようなまなざしで遠くを見つめて目を細める。

「……それで、いい方法は見つかったのか？」

「ええ、一つだけ……」

グレンの問いかけに、ジュスティーヌは静かに頷《うなず》いてみせた。

「二人が憎み合う理由を全てなくしてしまえばいい。そう気づいたの」

「……ですから、それは不可能だと言ったはずです。忘れたのですか⁉」

「不可能じゃないわ」

セドリックの苛立《いらだ》ちを滲《にじ》ませた言葉にかぶせるように言うと、強い意志をたたえた双眸で彼を見据える。

「前回の争奪戦で、お母様も私とまったく同じ状況に立たされたの。お母様は二人の命を守るために心を鬼にして相打ちになるような罠《わな》を仕掛けた。でもそれは、二人に社会的な死をもたらし、結局、取り返しのつかない憎しみを両者に植え付けてしまった……」

お茶会で二人に話そうと心に決めていた秘密を打ち明けていく。

グレンとセドリックは神妙な面持ちでジュスティーヌの言葉に耳を傾ける。

「同じ過ちを繰り返して欲しくない。お母様は私にそう仰《おっしゃ》ったわ。お母様は大切な二人を守るためにどちらも選ばなかった。ならば、私はその逆を選ぼう。そう決心したの」

ジュスティーヌはグレンとセドリックの目をまっすぐ見つめると、悩みに悩みぬいた末にようやく辿り着いた結論を二人へと告げた。

「セドリックとグレン、私にとって貴方《あなた》たちは等しくかけがえのない存在なの。だから、私は二人を等しく愛したい。それが無理ならば死を選びます」

「――っ⁉」

固い決意をうかがわせる彼女の言葉に、セドリックとグレンは虚を突かれる。

「……昔と同じように……これからは三人一緒に夜を過ごせばいい。そうすれば蜜夜権を争って二人が決闘する必要もないでしょう?」

「ジュシー、貴女《あなた》は……自分が何を言っているか、分かっているのですか⁉」

「二人同時に――そんなこと無理だろう⁉　壊してしまいかねない」

セドリックとグレンはジュスティーヌの身を案じて気色ばむ。

だが、ジュスティーヌは穏やかな微笑みを浮かべたまま、静かに頷いてみせた。

「壊れてもいい。二人になら……壊されても……けして後悔しないと誓うわ」

涙ながらにそう告げると、喉元にあてがっていた短剣を二人同様床に落とした。

そして、セドリックとグレン、二人の手をとって重ね合わさせる。

「だからもう憎み合わないで。傷つけあわないで。また昔と同じように三人一緒にいられたら他には何もいらないわ」

思いの丈を込めてそう言うと、ジュスティーヌは胸元からいつも携帯している小さな聖書を取り出して広げてみせる。

そこには、ボロボロになった四つ葉のしおりがあった。

「二人とも私との約束を覚えている？」

そう尋ねると、グレンとセドリックは頷き、胸元から同じく四つ葉のしおりを取り出して彼女へと見せた。

それを目にした瞬間、ジュスティーヌは涙ながらに笑みくずれる。

（ああ、やっぱり……二人とも……本当は私と同じ思いでいてくれたんだわ……）

胸がいっぱいになって、涙が止まらなくなってしまう。

そんな彼女を前に、二人は顔を見合わせると深いため息をついた。

「――ここまでしてもなお諦めていなかったとは。まったく貴女という人は……」

「ああ、本当に――どうしようもないな」

「セドリック……グレン……私のわがままを……きいてくれるの？」

「昔からそうしてきたつもりでしたが、忘れてしまいましたか？」

「ジュシーが決めたことだ。従うさ。それに――子供の頃の誓いとはいえ、やはり守るべきだしな」

「……ありがとう」

ようやく自分の思いが二人に伝わった。

そう実感するや否や、張りつめていた緊張の糸が切れ、ジュスティーヌはその場に崩れ落ちてしまう。

「おい、大丈夫か⁉」

「しっかり――」

グレンとセドリックに支えられたジュスティーヌは弱々しい微笑みを浮かべて、「……二人とも、私のわがまま……もう一つだけ聞いてもらってもいい？」と尋ねた。

頷《うなず》く二人に、ジュスティーヌはこう告げた。

「私を連れていって……あの思い出の場所へ……」

と。

ж ж ж

三人の姿は、かつて大人の目を盗んでは城内を抜け出してはよく一緒に過ごしたウィスタリアの下にあった。

ジュスティーヌは、グレンとセドリックの手をとると、満開に咲き誇るウィスタリアを見上げた。

ふっくらとした花弁が連なるラベンダーのカーテンが風に揺れていて、さらさらと優しい音を奏でている。

十年前、ここで永遠の友情を誓ったことを懐かしく思い出しながら、ジュスティーヌは二人に語りかけた。

「ねえ、グレン、セドリック、ウィスタリアの花言葉を知ってる？」

「いや、私は知らないな」

「確か——古くから女性にたとえられることで知られている花でしたね。優しさだったと記憶しています」

セドリックの言葉に、ジュスティーヌは得意そうに付け足した。

「ええ、それもあるけれど、もう一つ、『けして離れない』という意味もあるのよ」

「それは知りませんでした」

「いい言葉だな」

「我々に相応《ふさわ》しい言葉ですね」

「でしょう？」

ジュスティーヌはそう言って笑み崩れると、黄金の瞳とサファイアの瞳を交互に見つめて言葉を続けた。

「永遠の友情を誓ったこの場所で、改めて二人に誓いたかったの」

グレンとセドリックは、静かに彼女に頷いてみせる。

「グレン、セドリック。私は貴方達二人を等しく永遠に愛すると誓います」

ジュスティーヌの誓いを受けて、グレンとセドリックも誓う。

「ジュシー、私もこの場で貴女とグレンに永遠の愛と友情を誓います」

「同じく、私もジュシーとセドリックに永遠の愛と友情を誓おう」

かつての思い出の場所で、三人は互いに手を取り合って、厳かな表情で誓いの言葉を述べる。

さながら結婚式のように――

ジュスティーヌは二人に穏やかに微笑みかけると、まずはグレンに――そして、続いてセドリックに祝福のキスをした。

それを皮切りに、二人はジュスティーヌを挟む形で抱きしめると、競い合うかのように彼女の全身にキスの雨を降らせていく。

「あ、ンン、あぁぁ……」

うっすら汗ばんだ首筋に耳たぶ、鎖骨や胸元から果ては指の間まで――

ジュスティーヌの感じやすい箇所へと次々に柔らかな唇が押し当てられていき、滑らかな舌が這《は》っていく。

ほんのりと色づいた肌のすみずみまで愛おしい二人のキスの洗礼を受けながら、ジュスティーヌはぴくぴくっと身体を甘くさせ、しどけなく波打たせる。

背後からジュスティーヌを抱きしめるセドリックが、ドレスの胸元から中へと両手を差し込むと、柔らかな乳房を掬《すく》うように露出させた。

セドリックの手がやわやわと揉みしだく胸の先端でツンと隆起した蕾《つぼみ》をグレンの唇が甘く吸い立てる。

「っあ、あ、あぁ……ん、っく……っふ……ンンン……」

ジュスティーヌが鼻から抜けるような艶声を紡ぎだすと、それに触発されて二人の愛撫もさらに熱を帯びていく。

片やセドリックは、揉みしだいていた乳房から手を放すと、ドレスの裾をからげてショーツ越しにヒップを撫《な》で回《まわ》しながら、もう片方の手を足の付け根へと差し入れ、指先で濡れた真珠をいじり始めた。

一方のグレンは両手で胸を鷲掴《わしづか》みにして揉《も》みくちゃにしながら、乳首を舌で転がし舐めかじる。

「んぁっ!?　やっ……あっ!?　ン……あぁあああ……」

ただでさえセドリックの調教によって感度が研ぎ澄まされているというのに、加えて感じやすい二ヶ所を同時に虐められるなんて。

ジュスティーヌは耳まで真っ赤になると、喘《あえ》ぎあえぎ身悶える。

(どうしよう……二人同時にって思った以上に激しい……)

今更のように、悩みに悩みぬいた結果自分が選んだ道はとんでもないものだったのではとこわくなる。

考えてみれば、昔から何かにつけて張り合っていた二人のことだ。

競い合うようにして、どんどんと淫らな責めがエスカレートしていくことは目に見えている。

「あっ……んぁっ！　両方……そんなにしたら……すぐ、に……や、あ、あぁあっ！」

乳首と肉芽の同時責めに、ジュスティーヌはさっそく浅くはあるが達してしまう。

グレンの頭をぎゅっと抱きしめて、身体をビクビクと痙攣《けいれん》させた。

「ジュシー、もうイッたのか？」

「う、うぅうう……」

「どうやら私の調教が効いているようですね」

セドリックの満足そうな呟《つぶや》きに、グレンはあからさまにムッとすると、その場に跪《ひざまず》いてドレスの裾をたくしあげた。

そして、濡れたショーツの下で肉核をいじるセドリックの指を睨むと、おもむろにショーツをするりと脱がして股間に顔をうずめる。

「っきゃっ⁉　や……や、め……っきゃあっ！　い、いやっ！　グレン……駄目！　そ、そこは汚れて……んくっ⁉　んんぁ……はぁはぁ……あぁあああ」

セドリックの指がいじめる肉芽にグレンの舌までもが参戦し、ジュスティーヌは悲鳴交じりの嬌声をあげながら、必死に彼の頭を遠ざけようとする。

だが、グレンは彼女の腰を掴み、よりいっそう顔を秘所に押し付けると、蜜に濡れた肉核を舌先で弾《はじ》くのをやめようとしない。

それと同時に二本の指を媚肉の奥へと沈み込ませていった。

すると、セドリックも負けじとクリトリスに与える振動を強め、同時に乳首もきつくつねりあげて引っ張りながら指の腹ですりつぶすように虐めてゆく。

蜜壺を指で掻《か》き回《まわ》されながら、肉核と乳首をより執拗に虐められてはたまらない。

ジュスティーヌは、くるおしいまでの愉悦をこれでもかというほど叩《たた》き込《こ》まれ、激しく身をよじりながらエクスタシーの階段を一気に昇りつめた。

「ひっ⁉　あぁっ！　や、いやいやいやぁあっ！」

つま先立ちになった状態で膝をわななかせたかと思うと、大量の蜜潮がしぶきをあげて滴り落ちる。

甘酸っぱい香りを放つ愛液は、二人の指とグレンの顔を濡らした。

ジュスティーヌは眉根をきつくよせると、そのまま膝から崩れ落ちてしまう。

セドリックが背後から彼女の身体を支えてその場へと座らせると、いまだ興奮の名残に小刻みに震えている太腿《ふともも》を掴んで股を広げさせた。

「はぁはぁ……う、ううう……」

深い絶頂を迎えたばかりのジュスティーヌはぐったりと彼に身を預けたまま、しばらくの間朦朧としていたが、ややあってグレンに向かって恥部を晒《さら》すという痴態を強要されていることに気が付き、慌てて足を閉じようとする。

だが、セドリックに足をしっかりと抱え込まれているためどうすることもできない。

「や……あぁ、グレン、見な……いで……」

グレンの視線を秘所に痛いほど感じて、ジュスティーヌは気が気ではない。

しかし、羞恥に苛まれる彼女とは裏腹に、肉の花弁は愛液を涎のように滴らせながらうごめき、グレンの雄を誘う。

グレンは半身を秘所の入り口にあてがうと、亀頭で浅い箇所をくすぐって蜜をたっぷりとまぶした。

「ンっ……」

快感と挿入される予感とに、ジュスティーヌは小さく呻《うめ》く。

刹那、逞《たくま》しい肉棒が花弁を割り開いて、奥へ奥へと侵入してきた。

潤滑油にまみれ、よくほぐされているとはいえ、太い肉槍はそう簡単には入らず、じりじりと穿たれていく。

「んぁっ⁉　ん、ンンン……っく……うぅ……」

ジュスティーヌはくぐもった声をあげながら、歯をくいしばって灼《や》けるような熱をもった肉鏝《こて》が中央を割り開いていくのに耐える。

その痛みを和らげるべく、セドリックが彼女の首筋に唇と舌とを淫らに這わせる。

やがて、肉棒の全てが蜜壷へと収まりきった。

グレンの獣のような息づかいに興奮を掻《か》き立《た》てられながら、ジュスティーヌは切なげに目を細める。

「ジュシー、あと少しの辛抱です」

「え？」

嗜虐《しぎゃく》を色濃く滲ませたセドリックの囁《ささや》きに、ジュスティーヌは愕然《がくぜん》とした。

（えっ⁉　う、嘘……まさか同時に⁉）

今から彼がしようとしていることに気づいて青ざめる。

「ま、待って……そ、それはさすがに無理よ……一人ずつじゃないと……」

「大丈夫ですよ。誰が貴女を調教したと思っているのですか？」

「…………」

自信に満ちたセドリックの言葉にジュスティーヌは絶句する。

その一方で、今の言葉でまた負けん気を触発されたと思《おぼ》しきグレンの目が、鋭い光を宿したような気がしてさらに嫌な予感が募る。

「さあ、力を抜きなさい」

「は、はい……」

秘密の隠し部屋での調教を思い出しながら、ジュスティーヌは二人同時に挿入《い》れるなんて絶対に無理だと思うも、セドリックの命令に従わずにはいられない。

グレンの半身に貫かれたまま、深い息を繰り返して力を抜いてみる。

刹那、セドリックの亀頭がめり込んできて、思わずいきんでしまう。

「ひっ!?　あ、あぁああ……や、やっぱり……無理……」

「信じて委ねなさい」

「あぁぁ……」

「私も手伝おう」

グレンがそう言うと、秘割の付け根に息づく肉芽を指の腹で弄《いじ》り始めた。

「んっ⁉　あ、あぁあっ⁉　や……あぁああ……」

奥深くまで挿入された状態で感度の塊を虐《いじ》められると、下腹部の奥が妖しく疼き、そのつもりはなくとも肉棒をぎゅっと締め付けてしまう。

それがどうしようもなく恥ずかしくて、ジュスティーヌは唇を噛《か》みしめて視線の置き所に迷う。

しかし、羞恥心が煽《あお》られるほど、身体はみだらに応じてしまう。

「っはぁはぁ……あぁっ、も、もう……こんなのっ、あ、あぁっ！　す、すぐに……あぁああ、あぁっ！　イ……って……」

「ああ、全部伝わってきてる。存分にイっていい」

秘所の締め付けがよりいっそう激しくなるのに合わせて、グレンは指の愛撫を加速させていく。

やがて、指の振動がピークに達し、ジュスティーヌは髪を振り乱しながら達した。

「んんんっ！　あ、あ、あぁあっ！　もう……ダメぇえっ！」

悲鳴交じりの嬌声をあげると同時に四肢を突っ張る。

甘い愉悦が頂点へと駆け抜けていき、その反動で脱力する。

同時に、その瞬間を待ち望んでいたセドリックが腰を突き上げてきた。

「――っ⁉」

想像だにしなかった凄まじい圧迫感に襲われたジュスティーヌは、声ならぬ声をあげて大きく目を見開く。

(あ……あぁ……ついに……セドリックのまで……)

二人分の肉棒で貫かれ――破瓜《はか》を上回る恐ろしい拡張感に戦慄する。

しかし、当然それだけで終わるはずもなかった。

グレンとセドリックは、ジュスティーヌの身体を慮《おもんぱか》りながら、ゆっくりとした腰つきで肉槍を動かしていく。

「っひっ！　あぁっ！　やっ……あ、っく……あ、む、無理……こ、壊れ……て、しま、ンンンンンっ⁉」

ほんのわずかに動かされただけでも膣が軋《きし》み、壊されてしまうのではと怖くなる。

だが、グレンとセドリックがそんな彼女を愛撫とキスで宥《なだ》めながら痛みをごまかし、徐々に抽送の動きを大胆にしていく。

「っふ、あ、あぁっ……ン……む……っふ……う、ぅう……」

最初のときと同じく、少しずつ怖いくらいの痛みに快感が混じり始め、ジュスティーヌはグレンとの舌を絡めたキスに溺れながら甘い声を洩らす。

二人は時折互いに挑むようなまなざしをかわしながら、やがて競い合うように激しく腰を突き上げ始めた。

「んぁっ！　あぁっ！　っは……あぁ……あ、ぁあっ！　あぁああ！」

最奥を交互に深々と穿たれるたび、今まで味わったことのない凄まじい愉悦のしこりが次々と爆《は》ぜ、ジュスティーヌをくるわせていく。

太い衝撃が子宮口を乱れ打ち、幾度となくジュスティーヌの意識を絶頂の高波に呑《の》み込《こ》んで押し流す。

しかし、何度昇りつめても、二人の肉棒は情け容赦なく猛然と挑みかかってきて、彼女の意識を現実へと引き戻し、さらなる頂上へと誘っていく。

もはや理性は完膚なきまでに打ち砕かれていた。

ジュスティーヌはあられもない悲鳴じみた声で喘ぎくるいながら、セドリックとグレンを渇望する。

「ああああっ！　あぁっ、もうっ！　お願い……グレン、セドリック！　一緒に！」

その切羽詰まった切実な訴えに二人は頷き合うと、渾身《こんしん》の力を込めて最奥をがむしゃらに突き上げた。

二本の太い肉棒を深く鋭く穿たれた瞬間――ジュスティーヌは時間が止まったかのような錯覚に襲われる。

刹那、硬直した全身の隅々に張りつめ切った愉悦の糸がぷつりと途切れた瞬間、愉悦の洪水が怒涛《どとう》のごとく押し寄せてきた。

「あ！　あ！　あぁぁあああああっ！」

くるおしい叫びと共に、ジュスティーヌはガクガクと身体を痙攣させながら、限界のさらにその先へと昇りつめる。

下腹部が尋常ならざる力で、万力のように二本の半身を締め付けた。

グレンとセドリックは低く呻くと、己の全てを解放した。

二人分の熱された白濁液が勢いよく放たれ混ざりあって、絶頂にうねる蜜壺を隅々まで征服していく。

愛する二人と深くつながり、一つに解け合うのを感じながら、ジュスティーヌは陶然とした表情でウィスタリアを仰ぎ見た。

（……ああ……なんて……なんてきれいなの……）

その美しさに圧倒されながら、うっとりとした微笑みを浮かべる。

（……ようやく本当の意味でここに帰ってこられた……三人一緒に……）

胸が切なく締め付けられて——気が付けば、大粒の涙がジュスティーヌの目からポロポロと零《こぼ》れ落《お》ちていく。

「ジュシー、泣いているのですか？」

「ええ……なんだか胸がいっぱいになって……」

「まったく昔から泣き虫だな」

グレンがジュスティーヌの涙をキスで拭うと、頭をくしゃっと撫《な》でてきた。

「嬉し涙くらい、いいでしょう」

上目づかいに甘く睨《にら》んでみせると、ジュスティーヌは満ち足りた吐息をつく。

身も心も今までになく満ち足りた思いに満たされていた。

至福に酔いしれながら、熱い声を震わせた。

「——もう離れないから。ずっと……三人一緒よ……約束して……」

「ええ、もう二度と離しません」

「ああ、離してなるものか」

セドリックとグレンの二人に強く抱きしめられて、ジュスティーヌは笑み崩れると静かに目を閉じた。

瞼《まぶた》の裏には、かつて子供だった頃の三人が屈託なく笑っていた。

ようやく彼らとの約束を果たせたような気がして、胸が熱く震える。

と、そのときだった。

おかえり――

誰かにそう言われたような気がして、ジュスティーヌはハッと目を開く。

「どうした？」

「……グレン？　それともセドリック？　今、『おかえり』って――」

「私ではない」

「同じく――」

「そう……聞き間違いかしら？」

不思議そうに首を傾《かし》げるジュスティーヌの頭上で、ウィスタリアの花弁が風に揺れ、優しい音を奏でていた。

エピローグ

「――まさかこんなことがあるなんて。奇跡のようね」

ジュスティーヌは穏やかな微笑みを浮かべて、安らかな寝息を立てている我が子を眺めていた。

ベビーベッドに寝かされているのは愛らしい双子で、一人は黄金の髪にサファイアの瞳を持ち、もう一人は銀色の髪に黄金の瞳を持って生まれた。

そう、双子は二人の父親の特徴を共に引き継いでいたのだ。

「不思議なこともあるものだな」

「ええ、少々複雑ではありますが――きっとこれでよかったのでしょう」

ジュスティーヌの隣で同じく双子に穏やかなまなざしを注ぐグレンとセドリックがそれぞれに心境を語る。

「……なんだ？　複雑っていうのは？」

「知能までは混ざっていないことを祈るのみです」

「……私だってセドリックのようなひねくれた性格と混ぜられるのはごめんだ」

「グレンのように単純すぎる性格では先が思いやられると思いますが？」

「まあまあ、二人共。静かにしないと、ウィシーとタリアが目を覚ましてしまうわ」

ジュスティーヌが人差し指をたてて唇にあてると、目には見えない火花を散らす二人を優しく窘めた。

すると、二人はおとなしく再び我が子にまなざしを戻すと、柔和な微笑みを浮かべてそっと手を差し伸べた。

ぷっくりとした小さな手が二人の手をそれぞれぎゅっと握りしめると、目を細めて満ち足りたため息を同時につく。

セドリックとグレンの表情は紛れもなく父親としてのもので――二人に気づかれないように盗み見たジュスティーヌは相好を崩す。

（そう、きっとこれでよかったんだわ。セドリックとグレン、二人をこれからも等しく愛し続けるようにという女神様の思し召《おぼめ》しに違いない……）

双子を産み落としたときのことを思い出しながら、幸せをしみじみと噛みしめる。

前代未聞の奇跡に大司祭は彼女へとこう告げたのだ。「何事にも偶然というものは存在しません。この尊い奇跡は女神のご意志に他なりません。我々は今一度、長きにわたって続いてきた王位継承のしきたりを考え直す必要があるようです」

と。

我が子には、もうあんな苦しい思いをさせたくない。そう心から願うジュスティーヌにとって、大司祭の言葉は何よりの救いとなっていた。

権力争いを避けるべく考えられたというしきたりは、あまりにも当事者たちに犠牲を強いるものだった。

我が子のためにも変えていかねばならない。

ジュスティーヌは密《ひそ》かにそう決意していた。

（やっぱり愛し合う者同士が結ばれるべき。そうでないと生まれてきた子がかわいそうだもの……）

愛する二人を守るために取り返しのつかない過ちを犯し、愛していない人の子を産んだ母のことを思うたびに胸が苦しくなる。

もしも、愛し合う両親から生まれたならば、違う子供時代を送れていたかもしれない。たまにふとそんなことを想像することもある。

（だけど、満たされた子供時代を送っていたら、きっとグレンとセドリックとは出会えなかったはず……）

そう自分に言い聞かせて、今まで歩んできた道はけして間違っていなかったのだと思い直す。

（過去は変えられないけれど未来は変えていけるもの。起こることにはすべて意味があるのなら、全て受け止めた上で、これからどうしていきたいか考えていかなくては）

「どうか二人がずっと幸せでいられますように――」

ジュスティーヌが両手を胸の前で組んで祈ってみせると、グレンとセドリックは同時に彼女に主張した。

「神頼みなどではなく、私が必ず幸せにしてみせる」

「神頼みなどではなく、私が必ず幸せにしてみせます」

と。

二人の言葉が面白いほどかぶったことに驚くと同時に、ジュスティーヌは小さく噴き出してしまう。

「……こら、笑うな」

「何もおかしいことなどありませんが？」

憮然《ぶぜん》とした表情を浮かべる二人がまたおかしくて、笑いを噛みころすのに苦労する。

「そういうところは二人とも昔と変わっていないのね。うれしいわ」

「なんだ？　そういうところって……」

「思い当たる節はまったくありませんが……」

「ほら、今みたいに性格は正反対なのに妙に言葉がかぶるところとか？　二人が気づいていないだけで結構多いわよ」

目尻に浮かんだ涙を指で拭いながら思い出し笑いをするジュスティーヌに、セドリックとグレンは同意しかねるといった風に首を傾げて渋面を浮かべる。

そんな二人を眺めながら、ジュスティーヌは改めてしみじみとこわいほどの幸せを噛みしめていた。

ずっと願い続けていた夢が叶《かな》って、こうしてかつての幼馴染《おさななじみ》たちと三人一緒に過ごせるようになったこと。愛らしい双子に恵まれたこと。

どれもがかけがえのないことばかりで。感謝の念で胸が熱くなる。

「……二人とも……本当にありがとう……」

「なんだいきなり。どうした？」

「だって、こうしていられるのは二人のおかげだもの。いつも心の中で感謝しているけどたまにはきちんと言葉にして伝えなくちゃって思って」

「礼を言わねばならないのは我々のほうでしょう。ジュシー、貴女が諦めずに夢を追求したからこそ今があるのですから」

　照れくさそうにはにかむジュスティーヌに、セドリックは鷹揚《おうよう》に微笑みかけて彼女の労を労った。

「我々のように厄介な男を二人も同時に等しく愛することができる女性はそう多くはないはず。さすがは女王の器とでもいいますか——貴女を愛して本当によかったと思っています」

「——等しく？　二番目の間違いじゃないか？」

「その言葉、そのままお返ししますよ」

　人目のないプライベートな場所では、こうしてことあるごとに張り合おうとする二人に苦笑すると、ジュスティーヌは二人の頭を同時にぎゅっと抱きしめて再び窘《たしな》める。

　ありったけの愛情をこめて。

「こら、喧嘩《けんか》はやめて。仲良くしてちょうだい。二人とも世界で一番大好きだから」

「グレンと同列一位というのは不本意ですが、ジュシーがそう願うのならば仕方ありませんね」

「それはこっちの台詞《せりふ》だ」

「もう……言ってる先からこれなんだもの……困ったお父さんたちね」

　ジュスティーヌがウィシーとタリアに呆《あき》れた風に話しかけると、二人は眠っているにも関わらず、一瞬天使のようなほほえみを浮かべた。

その屈託のないほほえみにつられて、三人は眦《まなじり》を下げる。

この笑顔を守るためならばなんだってできる。

言葉にせずとも、互いにそう思っていることを肌に感じながら、ジュスティーヌたちはいつまでも飽きることなくわが子の寝顔を眺め続けていた。

あとがき

みかづきです。久々のヒーロー二人ものを書かせてもらいました！　やっぱり想像していたとおりに、いやそれ以上に大変でしたが……まったく異なるタイプの紳士に奪い奪われるヒロインは実にいいものですね、ハイ！

打ち合わせのときには、まだ「蜜夜権」という言葉がなくて「夜這い権」でした。なんて安直な……しかも、ロマンチックのかけらもない。

何かいい言葉はないかなあ……っと真剣にくだらないことを悩んでいるときに、確か編集さんとタイトルのことなどをメールでやりとりしていて目に飛び込んできたのが「蜜夜」という単語でした。

これだ！　ってことで、さっそく使わせてもらいました！

いや、やっていることはぶっちゃけ夜這いなんですがっ！

そう、本作品は「夜這いモノ」です。

昔、某平安時代のラブコメがありまして……まだピュア（？）だった私は意味も分からずドキドキしていたなあと。

ヒーローが夜這いしようとするけど何かと邪魔がはいって　失敗して――というのを延々と繰り返すラブコメだったので、別にえっちぃ話でもなんでもなかったのですが、そこはそれ！　読む側のフィルターがちょっとアレだったもので、あれこれ妄想がはかどりまくっていた記憶があります。

それが、こうして書く側に回って、さらなる妄想がどんどんブレンドされていって新たな一冊に仕上がる――と。

感無量です。

影響を受けた作品の影も形も残っていない気がしてなりませんが……。

ヒーロー二人の性格もまったく違うし……マイルドにどちらも変態だし……特にセドリックのほうは、「ただし美形に限る！」というのを地でいくスレスレの行為をフツーにやらかしてますしね！

書いているほうもびっくりでした！　まったくもう。

ま、まあ……それはそれ、これはこれということでっ！　みかづきテイスト（？）の夜這いファンタジーをみなさんに楽しんでいただければうれしいです！

そして、夜這いってロマンだなぁと少しでも思っていただければなおうれしいです。

夜這い、もちろん近代社会ではＮＧですが、昔はＯＫだったんですよねえ。

時代や場所が変われば、ルールも変わるってことだなあとしみじみ。

いずれ復権とかってこと……ないですかね⁉

ヨバイミクスみたいなかんじで、こうっ！

さすがに、日本では難しいとしても、他国ならまだこういう風習が残っていたりして⁉

そういえば、誘拐婚という風習がまだ残っている国もあるしなあ。

でも、さすがに実際にされたらたまんないよなあetc……。

まあ、そんなことばっか考えながら、日々暮らしています。

実に煩悩の多い人生です。

小説家になったから、まあこうして作品づくりに生かせるものの、もしも小説家になってなかったら、いったいどういう人生を送っていたのか時にとても怖くなります。きっとろくでもないことになっていたかと。

ま、まあ……起きてもいないことを不安がるのは時間の無駄だって誰かさんも言っていたことですし、前だけを向いてこれからも生きていくことにします！

ありのままに生きるってのも、前に流行りましたしね！

これからもありのままに煩悩と性癖をダダ漏らしながら、一冊でも多く小説を書きつづけていけたらなあと思います。

さてさて、次はどの煩悩が爆発することやら。

次の作品でもどうぞお目にかかれますように。

そうそう、久しぶりに男性向けの作品も準備しつつあったりします。

男性向けとはいえ、女性も楽しめるものになっているので、既刊同様チェックしていただけるとうれしいです♪

最後になりましたが、この場を借りていつも死ぬ気で編集さんに懺悔と精一杯の感謝を……。

繊細かつ美麗なイラストも本当にありがたかったです。いつも読んでくださっている方も初めての方にもたくさんの感謝を込めて——

蜜猫 Mitsuneko Label

蜜猫文庫をお買い上げいただきありがとうございます。
この作品を読んでのご意見・ご感想をお聞かせください。
あて先は下記の通りです。

〒102-0072　東京都千代田区飯田橋 2-7-3
(株)竹書房　蜜猫文庫編集部
みかづき紅月先生 / ことね壱花先生

奪愛トライアングル
～悦楽と執着の蜜夜～

2016 年 8 月 29 日　初版第 1 刷発行

著　者　みかづき紅月　

発行者　後藤明信

発行所　株式会社竹書房
〒102-0072 東京都千代田区飯田橋 2-7-3
電話　03(3264)1576(代表)
03(3234)6245(編集部)

デザイン　antenna

印刷所　中央精版印刷株式会社

Printed in JAPAN
ISBN978-4-8019-0829-1　C0193

「初めてでこんなに淫らに狂うなんて。教え甲斐があるというものだ」
政略結婚を前に初恋の相手であるクライヴと再会したティナ。彼は自分を待たずに婚約したティナを責め、婚約会場の片隅でティナの身体を強引に奪う。巨額の富を持つ石油王となっていたクライヴは、大胆不敵な方法でティナを城から誘拐。片時も離さず、淫らな行為を教え込む。抵抗しつつも愛する人に抱かれる悦びに震えながら、皇女の義務を忘れられないティナは――!?

絶対君主の独占愛
仮面に隠された蜜戯
みかづき紅月
Illustration Ciel
君を独占しよう。
だから私を憎むがいい。
父王の死によりケルマーの王位を継いだシシリィに隣国アルケミアの王ゼノンは強引に求婚し、会見の席で激しく彼女を陵辱した。「抵抗しても無駄だ。君は私のされるがまま――何をされても抗えない」屈辱と憤りの中で感じる恐ろしいほどの快楽。国益のために結婚を承諾した後も彼の専横が許せないシシリィをゼノンは圧倒的な力で組み伏せ包み込むように溺愛してくる。祖国への気持ちとゼノンへの気持ちを整理できないシシリィは!?

森本あき
Illustration 駒城ミチヲ
買われた新妻は溺愛される
オレ様資産家×勝気令嬢
破産寸前の実家を救うため、ザッカリーとの結婚を承諾したヴィヴィアン。彼は美貌で有能な新興の資産家だが上流階級の古い体質をバカにしており口調も乱暴。反発するヴィヴィアンは彼と口論しては負けていやらしいことをさせられてしまう「腰を動かして、俺をイカせたら終わりだ」朝も夜も彼に悦楽を教えられて蕩けていく身体。意地悪されつつ溺愛され、ザッカリーに惹かれていくヴィヴィアンは!?―溺愛系新婚ラブコメディ。

藍杜 雫
Illustration ウエハラ蜂
聖爵猊下の新妻は離婚しません！
君の体は素直で、
調教のしがいがあるよ
九歳で両親を亡くし、青の聖爵カイルと便宜上の結婚をしたソフィア。十八歳になったら大好きな彼と本当の新婚生活を送るはずがカイルとの離婚の噂が⁉　真相を探るべく侍女として潜入した彼女を、カイルは妻と同じ髪色だと言いながらソフィアだと気付かずに寵愛する。「君があんまりかわいいから手加減してやれそうにない」情熱的に抱かれて悦びを覚えた夜、どこか苦しげな彼に本当のことを告げようとするソフィアだが⁉